15
新木伸
ILLUSTRATION
森沢晴行
英雄教室
CLASS ROOM ❀ FOR HEROES
With The Boy Of A Former Brave

「さぁダーリン、
戦うですよー」
アンデッドの大軍勢があらわれた。
ルーシアがきて、学園の〝実戦的訓練〟は
レベルが上がった。

「きゃー！きゃあぁぁあ――っ！」
「死ぬ！死ぬ死ぬぅ――っ!!」

CONTENTS

SHIN ARAKI PRESENTS

CLASS ROOM ✿ FOR HEROES

With The Boy Of A Former Brave

CHARACT

CLAIRE
クレア

女の子らしく心優しい少女。固有スキル「復元」を持ち、死んでさえいなければ瀕死の重傷も元に戻すことが可能。見た目のわりに怪力で、とげとげメイスで敵を撲殺する天使。最近、巨大化する技を覚えた。

LUNARIA STEINBERG
ルナリア・シュタインベルク

アーネストの最大のライバル。氷の魔剣を使いこなす天才。天才故、何をしても簡単にできてしまい、努力型のアーネストをイラつかせる。

氷の魔剣《ブリュンヒルデ》

《アスモデウス》と双璧をなす大陸に名高い魔剣。ルナリアは幼少のころより魔剣の正統な所有者として認められてきた。

YESSICA
イェシカ

クレアの親友。褐色の肌と健康的な色気が魅力の美少女。自由奔放でいろいろフリーダム。軽快な身のこなしと"鉄扇"という特殊な武器を使う。じつは学園に潜入していたスパイ（諜報員）だった。正体は皆にバレてしまったが、受け入れられている。隠し事がなくなっていますごく幸せ。

LENOARD
レナード

上級クラスに所属する槍使い。イケメンで優雅な口調だが、好意を寄せるアーネストには振り向いてもらえず、何かと不遇な扱いを受ける。あらゆる攻撃を10秒間だけ防ぐバリアを張れるなど、戦闘能力はちゃんと高い。

SARAH
サラ

風の魔剣シルフィードの所有者。アーネストの結婚を巡るドタバタでローズウッド学園に留学することに。剣聖の弟子で天才的な剣の腕を持ち、天真爛漫な性格。

CLAY
クレイ

上級クラスの数少ない男子の一人。真面目イケメン戦士。イェシカのことが好き。得意技は破竜穿孔（ドラグスマッシュ）。魔剣《ブリファイア》の所有者となってからは、破竜饕餮（ドラグイーター）も撃てるようになった。

ELIZA MAXWELL
イライザ・マクスウェル

飛び級で学園に入っている天才科学者。古代の超科学を研究し、有用なアイテムを作り出すことができる。さらに魔法の天才でもあり、魔法戦闘だけならトップクラス。

GILGAMESH SOULMAKER
ギルガメッシュ・ソウルメーカー

ブレイドを学園に連れてきた張本人。かつて八ヶ国同盟を率いて魔王軍と戦った名君。……なのだが、学長に就任して以来、「実戦的訓練」の名の下に様々な無茶ぶりを生徒達にかますトラブルメーカー。

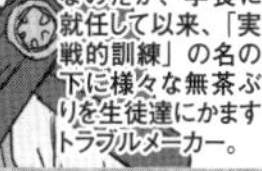

KASSIM
カシム

クレイドの親友。お調子者のアサシン。クレアのことが好きで、彼女の黒髪をよくガン見している。戦闘スタイルは、ナイフ二刀流の暗殺者スタイルで、毒をつかった武器や技が得意。

LUCIA
ルーシア

死霊術の天才。ガイコツ犬のミギーが友達。カシムのことをダーリンと呼ぶ。不完全な王紋を持つ。

MS.DOCTOR
女医さん

学園の勤務医。王国随一の医術を誇る。アダルトでちょっとエロい。ブレイドとは浅からぬ関係。

第一話　「ローズウッド学園の教官」

○SCENE・Ｉ「ルーシア無双」

いつもの午後。いつもの第二試練場。いつもの実技教練。

いつもと違い、グラウンドは、沸き起こる悲鳴で満ちあふれていた。

「きゃー！　きゃー！　きゃー！　たすけてー！」

「うわわわわ――っ!!」

クレアとカシムが先頭を切って走っている。

その後ろに、生徒一同が続いている。そのさらに後ろを、骨のアンデッド軍団が追いかけている。

上級クラスも下級クラスも区別なく逃走中だった。

「みんなー、なんで逃げるですー？　戦うですよー？」

巨大な骨の頭に乗って、ルーシアが言う。だがみんな聞いちゃいない。逃げるのに必死。


「どわわわわーっ！　死ぬ！　死ぬ死ぬ！　死ぬぅ――っ!!」

「死んでも大丈夫ですよ？　すぐアンデッドで蘇るです」

「アンデッドは嫌だあぁぁ――っ!!」

「イヤあぁぁ――!!」


逃げるカシムにルーシアが声を掛けるが、やっぱり、聞いちゃいない。


「しっちゃかめっちゃかだなー」

「しっちゃかめっちゃかねぇ」


ブレイドが言い、アーネストがうなずく。

高いところから状況を見下ろす二人からすれば、状況はかなりカオスだった。

これはもう、敗走というか、潰走というか。

ルーシアが次々と召喚するアンデッド軍団に対し、もはや軍としての対抗は不可能。悲鳴をあげて逃げ惑うばかりの烏合(うごう)の衆(しゅう)だ。

数々の死線を乗り越えてきたローズウッド学園の精鋭とは、とても思えない。

まあ、それだけアンデッド軍団が非常識なのだが。

「ダーリン、なんで走り回るですかー？　戦うですよー」

「やめっ！　やめぇ！　ストップ！　もう終わり！　タンマ！　たのむからあぁ——っ!!」

「なにを頼むですかー？」

巨大な骨の頭に乗って、ルーシアは追いかける。

ミギー、巨大化できた！　意外と強かった！

「ダーリン待つですー？　練習するですー？　しないですー？」

皆がなぜ逃げるのか、わかっていないルーシアは、ミギーの頭の上でぺたんと座り、小首を傾(かし)げる。

このローズウッド学園に、新たに通うようになった少女――ルーシアは、ネクロマンサーだった。

しかも死霊術の天才である。本当の意味での〝天才〟だ。

その実力は、本気を出せば王都をアンデッドで埋め尽くせるほど。

たった一人で一軍に匹敵する――戦略兵器級である。

ローズウッド学園の生徒たちは、強大な一体の敵に対する経験はだいぶ重ねてきているものの、集団と集団の戦いにおける経験は乏しい。

ちょうどよい〝実戦的訓練〟ということで、ルーシアの喚び出すアンデッドが、皆の訓練相手となったわけだが――。この有様である。

「やめっ！　やめ！　やめてくれー！」

「なんですかー？　もっと喚ぶですかー？」

アンデッドが一山、どばっと増えた。

「ふえええええ――っ！」

「ふぎゃあぁ――っ！」

「あー……、これはだめね。ちょっと行ってくるわ」

観覧席の縁をひょいと越えて、アーネストが飛び降りる。

全体指揮のために見渡せる位置にいたのだが、一兵士となって、戦力に加わる。

「アンナ！　アンナっ!!　はやく！　はやくうぅ！　――こちらへ！」

「はいはい」

「融（フュ）――」「――合（ジョン）!!」

氷炎の魔神が降臨して暴れはじめても、なおしばらく、アンデッドが優勢だった。

砕かれた骨がカーペットとして厚く降り積もったあたりで、本日の実戦的な訓練は、ようやく終わりを告げた。

○SCENE・Ⅱ「裏の世界より」

「ぜひー、ぜひー、ぜひー」

「こひゅー、こひゅー、こひゅー」

全員がへたりこんで荒い呼吸を繰り返している。

そんな中、ブレイドはグラウンドへと降りていった。

「おーい、みんな、情けないぞー。このくらいでー」

「おま……！　おまえは……！　なん、にも……！　やって、ない……だろうが！」

カシムが叫ぶ。瀕死(ひんし)なのに、無理して文句を言ってくる。

他の皆は文句を言う元気も残っていない。

「いやー……、俺、このくらいだと、ぜひーぜひー、って、ならないしなー」

この程度の運動だと、すくなくとも七昼夜ぶっ続けでないと——いや、三十日くらい飲まず食わずで戦い続けないと、こひゅーこひゅーっては、ならないな。

「おまえは……、そう……、だろうな……、この……、超生物……」

カシムが元気ない。もう死にそう。無理に喋るものだから。

「ダーリン大丈夫です？　おっぱい揉むです？」

「もみゅー」

カシムがルーシアにすがりつきにいく。

「だめー……、カシムー—っ！」

クレアがそこに、ゾンビみたいにすがりつきにいく。

「うおお……、背中に、感触が……、背中おっぱい！」

「――きゃあ！」

一度は離れたクレアだが、カシムの手がルーシアの胸を揉みはじめると、再び張りついて、引きはがしにかかる。

「えっちなのは……！　だめだからーっ！」

「おお――!!　背中と両手に……！　ちっぱいとおっぱい！」

「ばかーっ！」

「ダーリン……、も、だめ……。おしまい、なのです」

ルーシアは顔を真っ赤にさせて、カシムを遠ざける。

ここにやって来た当初は、平然とおっぱいを揉ませて、パンツも見せていたのだが、ある時を境に、急に恥ずかしくなったらしい。

なんで最初はオッケーで、いまはダメなのか。

そもそもなんで、おっぱい揉ませたり、パンツ見せたりすることが、〝恥ずかしい〟ことになるのか。

ブレイドには、まったくわからないでいるのだが。

そして〝わからない〟側の人間といえば、ここにも、もう一人――。

「みんなも休憩です？　ダーリンはクソザコだからしょうがないですけど、みんなは？」

「クソザコいただきましたぁー！」

不思議そうな顔をして、ルーシアが聞く。カシムはなぜか喜んでいる。

「いや……、休憩じゃなくて……。も、もう充分かな……と」

クレイが剣を杖のようについている、おじいちゃんのように腰が曲がっている。

「そ、そうよぉ～、も～、きょうはこのくらいでいいかなぁ～、って」

イェシカが腹這いになって、ずりずりとやってくる。おばあちゃんみたいに動作がのろい。

「まだまだもっと喚べるですよ？　みんなの役に立てるです」

「いえいえっ！　もう充分ですわ！　もういっぱいいっぱいですわ！」

ルナリアも一生懸命にアピールする。

さっき氷炎の魔神になって蹴散らしていたが、あれは燃費がひどく悪い。


「そうですか？」


ルーシアはきょとんと首を傾げる。

ちょっと準備運動をしただけなのに、もう終わりなのはなぜだろう？　という顔だ。

「ねえブレイド。あれって、あなたがこの学園に来たときの感じなのだけど……、わかる？」

「うん、いまなら、わかる」

隣にきたアーネストにそう言われて、ブレイドはうなずいた。

ブレイドもここに来た当初は、軽い気持ちで破竜饕餮あたりをぶっ放して、あれ？　なにがいけなかったの？　――とかやっていた。

「あれ？　でもいまだったら、べつに、破竜饕餮（ドラグイーター）くらい、たいしたことでもないような気が……」

「クレイもよく撃ってるわね。下級クラスでもスマッシュのほうなら撃つ子はいるわよ」

「だよなー」


なんだか釈然としない。

あのときの自分は、なぜ超生物扱いされたのか。

ぜんぜん、ふつーじゃん？

「すごいと思うよ。これだけ喚べるのって、やっぱり凄（すご）いよぅ」

「うんうん。そう思う。ルーシアちゃん天才だなっ」


クレイとクレアが、ひたすらルーシアをよいしょしている。

これ以上、アンデッドを喚ばれないため。訓練続行にならないため。ルーシアの意識を他に向けるため。

皆、必死であった。

「そ、そんなこと……、ないです。このくらい……、ふつーなのです」

普通って、なんだろう。皆の目がうつろにさまよう。

天才は――真の天才は、自分が他と隔絶していることを、決して理解できないものなのだ。

なぜなら本人にとっては、それは〝あたりまえ〟のことだから。

「おまえがゆーな」

アーネストに言われる。

「えっ？　俺、いま口に出して言ってた？」

「言ってないけど。わかるわよ」

アーネストにわかられてしまった。

「なーなー、ルーシアちゃん。いちばんスゲぇのって、どんなの喚（よ）べるんだー？」

カシムが聞いた。

その質問に、皆は一瞬、固まった。「バカあぁ！」という厳しい視線が何十も一斉にカシムに向く。

カシムも気づく。だがすこし遅かったようだ。


「じゃ喚ぶですー」


ルーシアが指先をくるくると回す。上空に巨大な魔法陣が浮かび上がる。

陣の内側に漆黒（しっこく）の闇が溢（あふ）れ、エネルギーが煮立つ。渦（うず）を巻いて、スパークが飛ぶ。

「ちょ――――！　ちょちょ！　待った待った！　喚ばなくていーから！」

「やめてー！　やめてー！　ルーシアちゃんだめー！」

「うわあぁー！　世界が滅びるぅ！　ルーシアちゃん！　蛇口（じゃぐち）とめて！　ぷりーずぅーっ!!」

叫ぶカシムに、ルーシアは顔を向ける。

「え？　もう喚んじゃったですよ？　戻せないです」

「ぎゃ――っ!!」

魔法陣の向こう側から、巨大な気配が近づいてくる。

ブレイドは背中から剣を抜いた。

学園支給のごく普通の剣。それがどうにも頼りなく感じた。

――が、気にしたところで、しかたがない。

世界の危機に、あるもので対処しなければ。

「ド……、ラ……、グ……」

ブレイドが構えを取って、気を練（ね）りはじめたところで――。

『悪夢ノ鎌（ナイトメアサイズ）――ッ!!』

ブレイドたちの遙か後方から放たれた衝撃波が、魔法陣の中央に激突した。

魔法陣が断ち割られる。分解して解けていく。

魔法文字の向こう側には――。昏い空間で輝く赤い目が見えていた。

顕現できなかった怨嗟の声とともに、その〝何者〟かは、次元の向こうに消えていった。


「な……、なんでしたの……？　あれ……？」

「さあ？　なんかよくわかんないけど。……ヤバいやつ？」


ブレイドは剣を背中に戻すと、ルナリアに言った。

こーゆーの、昔はよくあった。勇者業界基準で戦っていると、切り裂いてしまった次元の向こうから、なんだかよくわからないモノが出てきたりする。

望まれない乱入者は、だいたい、戦っていた双方から攻撃を受けて、即退場していくことになるわけだが。

召喚が完全に止まり、空間が元通りになるのを見届けて――。

皆が、技を撃ってきた者に目を向ける。

『ほう。手を出すまでもなかったようだな』

漆黒のマントを深々と被るその影は、巨大な一振りの大鎌を携えていた。

骨ばかりの体。だがその眼窩には、強い意志の輝きが煌々と灯る。

「なに？　だれ？」

アーネストが目をこらす。

黒い影が滑るようにして近づいてくる。意識的にしっかりと目視を続けなければ見失ってしまうほど、気配が薄い。

「リッチ……、キング……!?　なんでこんなところに!?」

アーネストがつぶやく。

このあいだ起きた、ルーシアとカシムの奪還戦において、アーネストとルナリアが対峙したのが、このリッチキングだったのだ。「私たちに任せて先に行きなさい！」とばかりに、ブレイドは送り出された。

『ほう。つまらぬ仕事と思っていたが……。これはなかなか……』

リッチキングが言う。その視線を避けるように、ささっとアーネストがブレイドの背中に隠れに来る。

「どした？」

「あああ……あんなん、素で相手なんて、やってらんないわよ……。ルネと二人で融合（フユージョン）して、なんとか相手になってたんだから！」

「そうですわ！　それでも合体奥義がぜんぜん通用しませんでしたわ！」

ルナリアも背中に隠れにくる。

まあ、そりゃそうだろう。リッチキングは裏世界の傭兵（ようへい）。勇者業界の住人である。

「おま。――なにしに来たん？」

「はーっはっは！　その質問には私が答えよう！」

高笑いとともに、国王が現れた。

「やっぱ、おまえの差し金か……」

ブレイドは、じとっと国王をにらんだ。

「アーネスト・フレイミング君。懸案だった教官不足の件だがね。ようやく解決に至ったわけだよ。以前、君が要望書を提出していたね。『実戦的訓練の積める指導教官の充実』——だったかな」

「え？　そうでしたっけ？」

アーネストはきょとんとしている。

「ああ。えっと。それ。ルネ——ルナリアが来るよりも前の話ですよね？　え？　いまさら？」

「ルーシア君のおかげで、実戦的集団戦の経験は積めるようになったはいいのだが……。ほれ。

我々の業界。——勇者業界における指導水準をこなせる講師のあてがなくてね。表の技ならディオーネでも教えられるが、裏の技術ともなると、これが、なかなか……」

「それが……、この……、リッチキング……教官？　ですか？」

『まだ引き受けたわけではない。教える生徒が、つまらぬ者ばかりなら、いくら金を積まれても受けるつもりはない。……なかったのだが』

リッチキングの眼窩が、いくつかの生徒の上を動いていく。

だいたいは上級クラスの面々。いくらかは下級クラスにも向けられる。

燐光(りんこう)の浮かぶ眼窩を向けられると、皆、びくりと身を縮めている。

『娘──』

リッチキングがルーシアに眼窩を向ける。

彼女だけは、親戚(しんせき)のおじさんに見られたけどそれがなにか？　──という顔で、平然としたもの。

『先程の召喚はなかなか良かったぞ。すくなくとも世界滅亡級の威力はあった。貴様には儂の教えを受ける資格がある』

「やっぱり滅びてたんだ……」

つぶやいたのは、さっき、「世界が滅びるー」とか叫んでいたカシムだ。

「ダーリンと一緒に教わるんじゃないなら――、ヤです」

ルーシアはカシムの腕を取って、そう言う。

『その者はアサシンか。暗殺術は、儂の最も得意とするところぞ？』

「ならいいです」

『それと……、娘』

眼窩がアーネストに向けられる。

「な、なによ……？」

『貴様もここの生徒だな?』

「そ、そうよ」

『ふむ。そうか』

「だ、だったらなによ! なんだっていうの?」

「ちょっと! わたくしのアンナに色目を使うのはやめていただきませんこと!?」

『かっかっか!』


リッチキングは、顎が外れんばかりに哄笑した。そして国王に、ぎゅんと顔を向ける。

『覇王よ。――この仕事、引き受けようぞ』

「君は必ず乗り気になると、そう言ったろう?」


ローズウッド学園に、新しい教官が赴任した。

○SCENE・Ⅲ「鬼教官」

数日が経ち――。

『くかかかか――！　そうれ！　どうした！　避けねば死ぬぞ！　ほうれ！　ほれ！　ほれ！』

重力を無視して宙に浮かぶリッチキング。

死神の鎌を振るうたび、弧を描く斬撃が、致死的な威力とともに振り撒（ま）かれる。

一人につき一撃ずつ。上級クラスの面々に均等に〝死〟が飛んでいく。

「くっ――破竜饕餮（ドラグイーター）ッ！」

「氷結地獄（コキュートス）ッ！」

「憤怒炎獄（アスモフレイム）ッ！」

「紅蓮砲（フレアブレス）――なのじゃーっ！」

「魔王轟雷（エルケーニヒ・ブリッツ）ッ！」

「理力貫通（フォースオブパイル）ッ！」

「絶対防御（エターナルフォース）ッ！」

「神姫天衝（シュトルムヴィント）ッ！」

「ポジトロニウム粒子砲ッ！」

「人工勇者力――解放ッ！」

「七色舞踏（レインボー・ロンド）――ッ！」

「えっえっ――!?　巨大鉄拳（タイタンインパクト）ぉ！」

「神風の術――っ！」

「ミギー、がんばです」


全員が、それぞれの最大奥義で迎撃する。

そうする必要があった。そうしなければ、いまのはかなり、危なかった。


「ちょっと！　教官！　いまの防がなかったら死んでましたよね!?」

『無論だ』

「無論じゃないでしょ！　危ないでしょ！　すこしは加減してください！　仮象（VR）じゃないんですから！」

『貴様は戦場で敵にそう言うのか？』

「なっ――!?」


アーネストが言葉を詰まらせている。

練習と実戦は別物。アーネストたちはそう考えている。

リッチキングが説くのは、常在戦場の考えかたである。

ブレイドなども、どちらかというと、そっち側。

そもそもこれまでの勇者人生において、実戦以外は存在しなかった。

この学園にきて、〝練習〟というものを知った。失敗しても死なない〝練習〟という概念が、斬新なアイデアとして感じられる。

「た、たしかに……。敵に加減してくれなんて……、言うわけがないわね」

『さもありなん。貴様らは技も体も弱いが、まずそれ以前に、心が弱い』

「くっ……、言い返せない……」

アーネストは唇を噛む。

「なーなー？」

ブレイドは、声を掛けた。

「なによ？　いまいいこと教わってんだから、静かにしてなさいよ」
「俺はなにしてればいいんだー？」

ブレイドはそう問いかけた。リッチキングのやつ、さっきからみんなに色々教えているのに、こっちにはなんも言ってこない。
悪夢ノ鎌（ナイトメアサイズ）だって、みんなには撃っているのに、こっちにはただの一発も撃ってこない。迎撃させてもくんない。

『勝手に素振りでもしておれ』

ひどい。おざなりすぎる。差別いくない。

「なんか教えてくれよー」
『お前に教えることなどない』
「あははは。ブレイドってば嫌われてるんだー？」

アーネストが、はやしたててくる。

　だがこれは、嫌われているというよりも、ただ単に、言葉通りの意味だろう。過去に何度か対戦しているので、相手の技はだいたいわかってる。

「ないとめあさいず」

　びゅっと、剣を振ってみた。リッチキングの得意技を、試しにやってみる。
　黒いエネルギー波が、ずびっと出た。
　うん。できるできるー。

『……』

　リッチキングが不機嫌そうに黙りこんでいる。

『……貴様の指導は甘いのだ』
「うん？」
『貴様は甘やかしすぎる。潰すつもりでやるべきなのだ。育成というものは』
「なんの話？」

『十いれば、生き残るのは、一か二でよい』

なんか、突然の育成論がはじまった。

「それ育成いわない。選別ってゆーんだ」

『ふむ……？』

リッチキングは、すこし考える。

そして、上級クラスの面々——ビッグ12（トウエルブ）プラス二名に顔を向けてくる。

「ぜーいん！　全員残してくださいっ！　生き残らなかったら——！　死んでっ——それ死んでますよね!?」

「アンデッドで蘇（よみがえ）らすですす？」

「ルーシアちゃん黙ってて。いまは静かにしてて。いい子だから」

「ごめんなさいです」

『見よ。貴様のせいだぞ。——命を惜しむこの姿。武芸者として嘆（なげ）かわしい』

「命の重さはまえに軽くしたぞ？　死線の上で実力はちゃんと出せるようになってるさ」

仮象（VR）が導入されたとき、斬って斬って斬り殺して——。皆は何度も何度も何十回も〝死〟を体験してきている。〝死〟とそのすぐ手前の〝生〟と、境界をはっきり認識した上で、〝死線〟のまさに真上で戦うことができるようになっている。

「ええ……、ええ……、命は軽いですわー。簡単に消えるものですわー」

ルナリアが遠い目になっている。

『ふむ……？　我らの、その入口あたりには立っているわけか。ならば、まあ、間引（まび）かずともよいか』

「間引くとか言ってる!?　間引くとか!?　間引くとかぁ——!?」

アーネストが騒いでる。だからダメ出しされるんだぞ。

「あとみんな、ギア上がるの遅いんだよな。そこなんとかならない？」

『ふむ。了解だ』

指導方針に関して打ち合わせる。

「それで俺への指導はー？」
『素振りをしていろ』
「ちぇっ」

教える気が、まったくないということだけは、よくわかった。

ブレイドは人生初の素振りをはじめた。
勇者時代には、振れば必ずなにかを斬っていた。なにかを殺していた。だから振るだけというのは、はじめてだ。
これけっこう楽しいかも？　殺さなくていいのが、いいなー。

「あのー……？　私たちの指導方針に関しては、どんな感じですかー……？　あのー、間引くのはなしで？」

『貴様らの必殺技を通常技に落とす。まずはそこからだな』

リッチキングは、重々しくそう言った。

勇者業界の現役(げんえき)暗殺者(アサシン)による実戦的な指導がはじまった。

○SCENE・Ⅳ「風呂(テルマエ)にて」

「あいたたたた……」

「あう……、ひう……、いぎっ……」

「オレはもうだめだ……。し、死ぬ前に……、一度でいいから、おっぱいを揉(も)みたかった……」

「揉むです？」

「もみゅー！　ナマちっぱいもみゅー！」

「だめえぇぇ……、かしむー……、だめえぇぇ……」

授業――というか、修行が終わり、夕方の風呂(テルマエ)は死屍累々(ししるいるい)といった有様だった。

一部、元気な連中もいるようだが。

「あいたたた……、いたたた……」

アーネストが腰をさすっている。

「ここですの？」

ルナリアがその腰をさすりにいく。

頬を紅潮させて――。なでなで、さすりさすり。

「いたいいたいいたい……、そこちがう……！　つよい、つよすぎ！　――痛てぇって言ってんだろおぉ！　このドヘタクソ！」

「へ、へたくそ……」

マジギレの怒声で叱られたルナリアが、すんってなる。

「マッサージしてやろうか？」

ブレイドはそう言った。しごかれたのは皆だけで、ブレイドはまったく元気であった。素振りをたったの一万回やっただけ。

「あ――！　あんたのマッサージって!?　あのキケンなやつ!?」

「きけん？」

「え、エッチなやつでしょ……？」

「えっち？」

「マッサージって、あっちだろ？　骨格、組み替えないほうでいいんだよな？　疲れだけ取れるやつ」

「そ、そうだけど……」

「ブレイドくんのあれにはぁー、〝アクメマッサージ〟って名前がついてまぁす♡」

イェシカが言う。

なんか変な名前が付けられた。

「軽く――、軽くよ？　かるーく、ね？　キモチよくなりすぎないぐらいで」

「こんくらい？」

「も――!?　もっとソフトに！　声でちゃうからぁ！」

かるーく、かるーく。

打ち身、捻挫、肉離れ、そのほか。軽傷を治療する程度のマッサージに励む。

命に関わらないケガはすべて〝軽傷〟というのが、リッチキングの流儀であり、ブレイドも同意するところだ。

手足の一、二本がもげていても、死にはしないから、軽症軽症♪

「しっかし、ほんと容赦ないわよねー」

「うんうん。痛かったよぅ。死んじゃうかと思ったよぅ」

「クレアは派手に転がされてたもんねー」

女の子たちが昼間の修行について、こしょこしょと話している。

「必殺技を通常技にするって……、意味、わかんないよぅ。これ以上大きくなれっていうのかな？」

「あ、俺はそれ、すこしわかるかも？」

女の子たちの話に、男子たちも混ざってくる。

「えー、クレイ？　どういうこと？」

「ほら、俺って、前は破竜穿孔（ドラグスマッシュ）しか撃てなかっただろ？　でも最近じゃ、もっと上の太刀（たち）も撃てるようになってきて……」

「うんうん。クレイ頑張ってるよね。すごいよね」

クレアは素直に褒（ほ）める。

「いやぁ……、俺なんか、まだまだだけど……。それで昔は、破竜穿孔（ドラグスマッシュ）なんかが必殺技のつもりだったんだ。でもいまではあれは牽制（けんせい）くらいにしか使わない。すっかり通常技になってるんだ。そして必殺技として出すのは、破竜摧滅（ドラグバニッシュ）や破竜覆滅（ドラグバスター）であるわけで……」

「あっ、そうだね！　そうだよ！」

納得のいったクレアは、指先をくっつけて破顔（はがん）している。

「あいつ。あの講師。言ってることは、いちいち理に適ってているのよね。ちょっと斜め上すぎて理解しづらいんだけど」

アーネストがそう言う。ブレイドはぴくりと反応を示した。


あれ？　なんか話の流れが……？

みんなさっきまで、リッチキングのことを、ひどいとか言ってたのに……？


「でもあいつリッチだぞ。骨だぞ」

「骨カワイイですよ」

「そうよね。それに、なんか怪しいし。厳しすぎるし。だけど指導者としては……、ありよりのなし？　なしよりのあり？」

「骨はアリですよ」

「アンデッドだぞ」

「アンデッドかわいくないですか？　ねー、ミギー」

「くおぉん」

「そうそう。ミギーちゃんみたく乾いているし。べつにゾンビみたく臭くないし」

「えーとえーと、技が姑息だろ。……ひきょう？　そう卑怯だろ」

ブレイドは必死になって悪いところを探していた。卑怯？　――っていう概念は、元勇者的には、よくわからなかったが。それもせいいっぱい主張してみる。

「引き出しが多いってことよね」

「オレ。暗殺者として、すんげぇ参考になる」

だめだー！　なに言っても褒めたことになるー！

アーネストたちがリッチキングを褒めていると、胸からお腹にかけての部分が、もやもやしたり、むかむかしたりする。

……なぜだろう？

「そういえば、私、弟子になれって言われたのよね」

アーネストが、ふと、思い出したようにそう言った。

「いだっ！　いだだだ！　――ちょっとブレイド！　強かったわよ！」

「すまん」

　ブレイドは素直に謝った。手が滑った。

「俺たち、言われてないな？」

「僕もだね」

「オレもオレもー」

　男子勢が言う。

「まあカシムはね」

　アーネストは鼻で笑う。

「――んなっ!?　なんだよその言いかた。オレは傷ついた！　きーずーつーいたー!!」

「ダーリンおっぱい揉むですか？」

「ルーシアちゃん甘やかさないの。こいつ。甘やかすとダメになるタイプのオトコだから」

「じゃやめるです。ナイナイです」

「そんなあぁ――――っ！」


話にすら上らないレナードは、カシム以下だった。すみっこのほうで、涙をだくだくと流している。


「ちょっとブレイド？　手が止まってるけど？」

「う？　おお……、すまん」


アーネストの背中からお尻にかけてを揉みほぐしながら、ブレイドは深刻そうな顔でいる。


「ねー、どうしたの？　ブレイドくん？」

「なにが？」

「なんか機嫌悪そうだけど？」

「そんなことねえよ」

　ブレイドは言った。だが自分でも声にトゲが出ていると思う。

「あっ？　ごめんなさい。……ずっとやってて疲れちゃった？」

「ちげえよ」

　アーネストが変に気を遣うので、うつ伏せに戻して、マッサージを続ける。

「ねえアンナ。リッチキング教官って、生前、どんなカンジだったと思うーっ？」

「え？　なによ突然？」

「いいからいいから」

「ええっと……、いかにも武人って感じだったんでしょうね。思うに」

「たくましいカンジ？」

「そりゃまぁ。……だけどスピード派だから、細マッチョ系？」

「それってアンナのタイプかしらー？」

「え？　ま、まあ……、太ってるのとか、痩せすぎなのより、いいわよね。ああ——固太りのマッチョが一番最悪。《アスモデウス》みたいなのがいちばんイヤ」

「じゃあ、アリよりのアリアリ?」

「まあね」

「顔は?　カオはー?」

「え?　顔?　そりゃまぁ……、イメージとしては……、渋いおじさま的な?」

「アンナって何気に年上好きよね。まえに国王陛下にときめくとか言って、大戦争の引き金引くし。アシュガルド王子はキープするし」

「ちょ――っ!　いまそれ言う?」

「あのときも、そのときも、そうねぇ……、ちょうどブレイドくんが、こんな顔になってたわねぇ」

「えっ?」


アーネストが上体を起こして、ブレイドの顔を見つめてくる。


「なんだよ?」

「なんでもない!　なんでもない!　なんでもないわよっ!」

「うつ伏せになれよ。マッサージまだ途中なんだぞ」

「そ、そうねっ!」

アーネストはイェシカに顔を寄せた。――物凄い勢いで。

（ねぇねぇねぇねぇ！　なんでブレイド!?　ブスになっててんの!?）

（嫉妬？）

（きゃーきゃーきゃー!?　なんかしらないけど、褒めればいいのねっ!?）

（アンナも悪いオンナねー）

「う、ううんっ……。そうね。教官は私の理想に近いかもね。……ああもちろん、武人としての意味でよ？　元の人間だった時がハンサムだったり鍛え上げた肉体だったりするかもしれないけど、そういうのとは一切関係なく、現時点でもって、最高の指導者といえると思うわ。厳しすぎるところも、言ってることが半分わからないことも、欠点というより、長所をより盛り立てる要素と言えないこともないかしら……？　って！　どう!?　こんなんでっ!?」

「グーよ、グー」

ブレイドは唇を突き出していた。顎先に力が入りすぎて痛いくらいだった。

○SCENE・V「なしをつける」

「おい」

夜。月明かりを頼りに、屋根の上にのぼっていく。

目当ての人物をようやく見つけて、ブレイドは声を掛けた。

気配を殺しているので、捜すのは超面倒だった。勇者業界の連中が本気で気配を消すと、ブレイドでも、なかなか見つけられない。

そいつは、月明かりの下で酒を飲んでいた。陶器(とうき)の酒壺(さかつぼ)から、これまた陶器の小さい器(うつわ)に注いでは、ちびちびとケチくさく飲んでいる。

『飲むか?』

「いらねーよ。それ、サケっての、脳細胞破壊するってゆーじゃん?」

『くかか!　問題ない。儂(わし)は脳細胞など無い故(ゆえ)にな』

自分のしゃれこうべをばしばしと叩いて、リッチキングは笑っている。

アンデッドのジョークは、突っ込みにくい。

「だいたいお前。飲み食いできないだろ。あーあ……、ほら、こぼれてるじゃん」

よくよく見れば、飲む端から、胸元にだらだらとこぼれている。

全身骨だもんなー。当然だなー。

『よい。こういうものは気分だ。そうした気分だ』

「はー、さいですかー」

ブレイドはリッチキングの隣に腰を下ろした。中天に浮かぶ月を見る。

最近、大きい月と小さい月のほかに、もう一つ、小さい月が増えている。なんで増えたのか、
俺、しーらねー、っと……。

『そういえば』

リッチキングが、ふと、笑う。

『殺し合い以外でお前と会うのは、はじめてだったな』

「あー、いつも戦場だったしなー」

ブレイドはうなずいた。

『儂が暗殺を引き受けて、殺せなかったのは、お前ただ一人だ』

「俺も。敵として出会って、殺せてないのは、お前一人きりだよ。――ああ。魔王もいたっけ」

『かっかっか。魔王と並ぶか。光栄なことよ』

何度も何度も襲われて、その度(たび)に撃退した。

殺すつもりで戦って、殺しきれずに逃げられた。

「お前。なんべんやってきたっけ?」

『七度、雇われたな』

『勇者を殺せと、魔王軍から五度ほど』

「残り二回は？」

『覇王の利となる駒を殺せと、連合側より二度ほど』

「はあぁ……」


ブレイドは深々とため息をついた。

なにやっててんの人類側？


カシムではないが、誰かのおっぱいに顔を埋めて癒やされたい。ソフィあたり？　あれはカシム流にいうと、おっぱいでなくてちっぱいらしい。ならディオーネだな。あれならおっぱいだ。あれは立派だ。


『戦が終わると暇でな。それでこの仕事を引き受けることにした。このあいだ儂と戦ってみせた小娘がおると、覇王のやつが言うのでな。来てみれば、ほかにも見所のある小僧や小娘たちがおるではないか。なんだこの場所は？』

「その小娘たちに、おまえ、なんか人気みたいだぜ。生前が細マッチョだとかイケオジだとか。……どうなん？」

『小娘らがそんな話に花を咲かせる時代は、よいのだろうな』

たしかに大戦時には、そんな余裕はなかった。
十代の新兵がろくな訓練も積まないまま最前線に送られて、次々と命を落としていた。
いま学園に通う生徒たちは、ぎりぎり徴兵にかからなかった年代である。

『ところでお前はなにをしに来た？　旧交を温めに来たのでなければ、なんの用だ？』

本題をどう切り出すか迷っていたところで、向こうから話を持ち出してくれる。

「おまえ。アーネストにちょっかいかけんの、やめろ」

ブレイドはそう言った。
もしここにアーネストがいたら、絶対、言わない。
でもいない。だから、きっぱりと言ってやった。

『断る』

「んだとこのぉ？」

『仕事は完遂(かんすい)するのが儂の流儀(りゅうぎ)でな。指導が仕事だ』

「おまえ七回も仕事果たしてねーじゃん。もういっぺんぐらい増えたっていーだろ」

『それは貴様のせいだろう。素直に殺されておればよかったものを』

「いや勇者死んだら人類滅びてたじゃん」

『儂は別に困らぬが。この身は魔物側に数えられる身であるしな』

「なー？　いいじゃん？　なー？　帰れ帰れー。帰れよー」

『それは物を頼む態度なのか？』

「わかった殺されてやるから。仮象(VR)の中で。七回までならオーケーだから」

『そんな便利なものを使っておるから、温(ぬる)い武人が育つのだ。儂なら決して甘えなど出さぬ』

「俺！　俺がきっちり厳しくするから！　これからきちんとやるから！」

『くかかか。あの冷酷(れいこく)な目をした勇者が、この変わりよう。やはりこの場所は面白い』

「帰る気はないのか」

『一番の理由はな――、あの娘、いや娘たちよ。いまだ半人前に過ぎぬが、二人合体すれば、なかなかではないか。特に炎使いのほうはよいぞ。ええと……、名前はなんといったか』

「アーネストだよ」

てめぇ。このやろう。名前も覚えてないくせに。ふざけんなよ。

いまの一言がきっかけとなって、ブレイドは決意した。

やはりこいつとは、白黒つけなければならない。

○SCENE・Ⅵ「決闘は河原にて」

びゅうぅと、河原に強風が吹く。

夕陽に赤く染まる河原に、ブレイドは立っていた。

果たし状はすでに送りつけた。あとは待つだけだ。

あいつが来る時を。ぶちのめすその時を。

「ねー、ブレイドー、なんで河原なのー？　試練場でやればよかったんじゃないのー？」

遠巻きにしている一団の中から、アーネストが、そんな声を投げてくる。

そんなの。決まってる。

決闘といえば、河原なのである。夕陽なのである。そこ大事なのである。

ブレイドは葉っぱのついた枝を口にくわえ、腕組みをして、風の中で待っている。

その様子を、上級クラスばかりでなく、下級クラスまで含めた学園の皆は、呆れ半分、困惑半分という顔で見守っている。

「ねえアンナ……？　なんか温度が低いわよねぇ？」

「えっ？　なにが？」

イェシカが言い、アーネストが聞き返す。

「あんたさ？　もっとエキサイトしていて、しかるべきなんじゃないの？」

「えぇっ？　これって単なる力試しでしょ？　学園トップの超生物のこの俺が、お前に教える資格があるのか試してやる！　――とかいうカンジなんでしょ？　そりゃまぁ、教官がどのくらい強いのかには興味あるけどさ？」

「ああ、もうっ！　違うっ！　ぜんぜん違うっ！」

イェシカが大声をあげた。どすどすと地面を踏んで憤り（いきどお）を示す。

「そうだよぅ！　それじゃブレイド君がなんのために戦うんだか――！」

「まったく本当に山猿ですわね。このメスゴリラめが」

クレアとルナリアが、たまらずに突っ込む。

他の面々も、うんうんとうなずいている。女子ばかりでなく、クレイにカシムにレナードなど、男子勢までが深々と同意する。

「ええっ！　ダメ出し⁉　みんなから揃って⁉　わたしなにかダメだった⁉」

「女としてダメダメですわ」

「女失格してた⁉」

アーネストが叫んでいる。うるさいな。もう。

「ほらほら、このあいだ仕込んでたでしょ？」

「なにを？　仕込むって？」

「だから、教官を褒めたあれ。風呂で」

「え？　あの話題まだ続いてたの？」

「あれが原因で、いまの結果が、こーなってるわけ」

「え？　それって、つまり……」


アーネストが顔を向けてくる。

違うからな！　瞳を潤ませてこっち見んな！

ぜってー！　違うからな！　ぜんぜん！　そんなんじゃないから！

ただ気に食わないから、ぶっ飛ばすだけだ。

もともと七回も殺し合いをしていたわけだし。


「遅えよ」

イライラしつつ、ブレイドは言った。

『ふっ。あえて遅れてくるのが、兵法というものよ』

「なんだそれ」

『戦いの風情というものぞ』

「わけわかんねーけど。さあやるぞ。すぐやるぞ。とっととやるぞ」


ブレイドは体の前に剣を掲げた。白刃を鞘から引き抜く。

そして勢いのまま、鞘を遠くに投げ捨てる。


『くかかか！　うぬは――破れたり！』

「なんだって？」

『勝つつもりならば、なぜ鞘を捨てた？　生きて再びその剣を鞘に収めることがない――うぬはそう悟ったのだ！』

「なんだよ、その屁理屈」

『かかか。様式美というものよ』

「言ってろ」

ブレイドはそう言うなり、破竜饕餮をぶっ放した。

無論、そんな程度の技で仕留められるなんて思っちゃいない。


『──かあっ！』


気合い一閃。

超螺旋は解かれ、かき消される。


だがブレイドは同時に飛び込んでいた。破竜饕餮のエネルギー波を隠れ蓑にして、リッチキングに肉薄する。

大鎌使いの奴は、遠隔技を多く持ち、中長距離での戦いを得意とする。

ならばこちらは、インファイトで挑む。

「みろ！　いま破竜饕餮で、牽制した！　やっぱり破竜饕餮は牽制技だったんだよ！」

クレイが叫んでいる。常識がこっち側に来つつある。いいことだった。リッチキングなどを相手にするなら、最低必須条件となる。

『くかかかか！　かかかかかっ！　愉快愉快！　愉快よなぁっ！』


リッチキングは哄笑しながら大鎌を振るう。

無数の火花が、ブレイドとリッチキング——両者の間で輝きを生む。

接近戦になったので飛び道具こそ出てこないが、大鎌使いとは思えない速度で鎌を振るう。


「見えませんわ！　この天才のわたくしの目をもってしても——！　お二人の剣閃が——！」

「あっいまお兄さんのほうが押してます。一〇三対八七くらいの手数差で押してます。でも凄いですリッチさん。大きな鎌なのにあんなに自在に振り回して」

「…………」


エセ天才には見えない斬撃も、本物の天才児には見えているようだ。


「なるほど近づけばいいんだ!?」

「その近づくことができなかったのですわ！　昨日の修練では！」

『嗚呼——愉快愉快！　まったく愉快！　儂と何合も打ち合って、なお生きておる！　素晴らしい！　愉快極まりないわ！』

「俺は不愉快だな！　不愉快極まりないがな！」

ブレイドは剣を振るう。本当にぶった切るつもりで、本気の一撃を次々と繰り出していく。

大丈夫。本気を出したって大丈夫。こいつは大丈夫。

過去七回における対戦でも、本気で殺すつもりでやっていた。だがこいつは死んでない。いやアンデッドだから死んでるんだけど。いなくならない。

「あはははは！　はははははっ！」

『かーっかっかっか！　なぁ愉快だろ！　勇――』

「破竜摧滅（ドラグバニッシュ）！」

テンションの上がったリッチキングのやつが、イケナイことを口走りそうになったので、牽制でない攻撃技の三の太刀（たち）を使って、ダメージを入れておく。

楽しいよ？　楽しいのはわかるが、ちょっと正気にカエレ。

「えっ？　なによイェシカ⁉　いまいいところなんだから邪魔しないで！　――えっ？　なに言えっての？　ええと――なになに？　リピートアフターミー？　〝もうやめて！　私のために争わないで！〟　……？　はあぁ⁉　言うわけないでしょうが！　こんな大一番！　止めるもんですか！」


アーネストがなんか言ってる。

あれ？　なんで戦ってるんだっけ？

そうだ。うん。忘れてない。忘れてないぞ。


「弟子にするだとか、まだ言いやがるか⁉」

『当然よ。あの娘は儂の下にこそいるべきだ。さすればもっと強くなる！　強くなれる！　甘い貴様より、儂のほうが強くできる！　ちがうか！』

「いーや、ちがうね！」


ブレイドは強く否定した。

おまえこそ、なにもわかっちゃいない。

あいつは、アーネストは、下、下にいるべきではない。

下ではなくて――。そうじゃなくて――。

「おおおおぉぉ――っ!!」

『ぬあああぁぁ――っ!!』

全身で、全力で、剣を打ち込む。

大鎌が音を置き去りにして振り回される。

「ね、ねぇちょっと――アンナ？　あれ止めなくていいの？　ほ、ほら、ケンカやめて！　争わないで！　――って、言うタイミングだよね？　いまだよね？　言わないと止めないと……、ヤバいんじゃない？」

イエシカが怖々と問いかけるものの、言われたアーネストのほうは――。

「やれぇ――！　そこだあぁ！　ぶっ殺せぇぇー！」

こちらを応援しているかと思いきや、リッチキングの攻撃のときにも同じように応援している。

どっちがどっちをぶっ殺すのでも、いいらしい。

ひでぇ。

なんのために戦ってると思ってる。

「あーだめ、もうだめ、わたしちょっと……、行ってくる」

「ちょ——アンナ!?　行くってどこへ!?」

「まさか!?　アンナ!?　あの戦いの中に割りこむおつもり?」

イェシカとルナリアが揃って目を剝いている。

「うん。いてくる」

怪しい目つきで、アーネストは言う。言葉も怪しい。

「おやめなさい！　死にますわよ！　あの中に飛びこむなんて、それこそ古竜の喧嘩に割りこむようなものですわよ！」

「うん。だから。るね。いっしょにいこ」

「無理ですわ！　ごめんですわ！　貴方の自殺にはつきあえませんわ！」

「おねがい。半身がひつよう。あいしてる」

「行きますわあぁ!!」

融合して氷炎の魔神ブルーとかになる。支配権は当然アーネスト側。

『私も混ぜなさい！　ブレイド！　一人で楽しんでいてずるいわよ！』

「なんだなんだなんだ？　なんで来たんだおまえ？　俺はおまえのためにだな――」

『知らない！　わかんない！　でも楽しそう！　いいでしょ!?』

青色の炎を噴きあげながら、アーネストは溌剌と覇気を振りまく。

「いいけど」

まばゆい笑顔にブレイドは毒気を抜かれた。文句を言う気も失せる。

「じゃあ二人でリッチ退治と行くかぁ！」

『斬る！　燃やす！　凍らせる！』

二人、肩を並べて、剣を構える。

『かかかか。——なるほど。〝下〟ではなく〝隣〟というわけか』

リッチキングが言う。

『なんの話？』

「気にすんな！　つまりは二対一ってことだよ！」

『そうなの！　いいわね！』

魔神のときのアーネストは、あまり物を考えない。

『いざ、推して参る！　悪夢ノ鎌──ッ！』
『炎王煉獄嵐！』
「破竜摧滅！」

お互いの大技がぶつかり合った。

当初の目的も忘れて、楽しそうに戦いつづける三人──いや四人を、河原に集まった一同は、呆れ顔で見ていた。

「あーもう、しっちゃかめっちゃかねー」

イエシカの言葉が、全員の心境を代表していた。

○SCENE・Ⅶ「その後」

『ぎゅわっだの、ぐぐっだの、どんだの、貴様はそれで教えているつもりか』

「えっ？」

下級クラスの面倒を見ていたクレイは、突然の教官からのダメ出しに、思わず聞き返していた。

『武とは術理だ。そして術理とは理によって説明可能な物事だ。貴様のそれは感覚だろう。感覚は人によって違う。同じ感性かつ同じ水準の者にはそれで伝わりもしよう。だが一つ違えばまったく伝わらぬ』

「あっ、はい」

クレイは素直にうなずいた。なんの異論も差し挟めない指摘だった。

下級クラスの面々は、キラキラした目で教官を見ている。

リッチキング教官は、その子たちに向けて——。

『破竜穿孔（ドラグスマッシュ）だったな。まず気を螺旋（らせん）に練（ね）りあげる際の密度こそ重要よ。一定圧力を超えねば、けして成功はないと思え』

「はい！」

「わかりました教官！」

「すごい！　わかりやすい！」

全員が力強く返事する。

「えっえっえっ？」

もう誰もクレイを見ていない。さっきまではビッグ12が直々に教えてくれるなんて！――って尊敬のまなざしを向けられていたのに。

「クレイ、ご愁傷様ねー」

アーネストが言う。

「あはは……、俺、お役御免になったみたい……」

頭を掻きつつ、とぼとぼと、クレイがやってくる。

うん。まあ仕方がない。クレイは教えるのは下手だからな。

ブレイドはアーネストに向き直る。

いまちょうど、アーネストに教えていたところだったのだ。

「じゃあ。ギアの上げかたを教えるぞ」

「うん。お願い」

現状におけるアーネストの最大の欠点は、ギアの上がるのが遅いこと。本気が出るまで、ずいぶんと時間がかかるのだ。それではこちらの業界では通用しない。

「一瞬で本気を出す秘訣はな……」

「うんうん！　秘訣は？」

「それは……、気合いだっ！」

「……は？」

「だから、気合い。こう、ぐわあぁ——って盛り上がって、やるぞー！　ってするといいんだ。

すぐ全力が出せる」

「ねえブレイド？」

「ん？」

「なぁブレイド？　それって俺の指導法と、どう違うんだ？」

なにを言ってるんだクレイ？　ぜんぜん違うぞ？　すっごくわかりやすいじゃないか。

「ああ、もういいわ」

アーネストがそう言った。

「えっ？」

「先生ーっ！　わたしにも教えてもらえますかーっ？」

アーネストはリッチキングの元へ走っていく。

軽い足取りで、はしゃぐ女の子みたいに、スキップぎみに――。

「あれ？　えっ？　おーい……？」

「ギアの上げかたなんですけどぉー。ええと？　なんとか業界？　――とかでも通用するような方法で、先生、お願いします」

『……先生？』

リッチキングは眼窩（がんか）を向ける。赤い光が眼窩の奥でまたたく。

「はい！　弟子になれと言われましたが、まだそこまでの覚悟はなく――。でも講師と生徒の関係ですので、〝先生〟で、いいですよねっ？」

『む……、むうっ？』

「おいちょっとー？　俺が教えるってばー」

ブレイドは言う。誰も聞いてない。

『む……、むぅ。……娘。もう一度、呼んでみよ』

「先生？」

『む……、むむぅ』

下級クラスの子たちも、なにかを察して、声を揃えて口々に言いはじめる。


「先生ー！」

「センセイ！」

「せんせ！」

「てんてー！」

「先生♡」


『あい分かった！　儂がお前らを武の極みへと導いてやろう！　先生としてな！』


ぼっちのリッチキングめが。囲まれて先生呼ばわりで舞いあがってやがる。

てめえぶっ殺すぞ。もう死んでるか。


蚊帳の外で歯嚙みするブレイドの肩を、クレイがぽんぽんと叩いてきた。

第二話　「アーネストの貧乏脱出だいさくせん」

○SCENE・I「怪人裸マント再び」

いつもの昼過ぎ。いつもの午後の実技教練。

優れた講師を得たことで、最近の教練は、下級クラスとの合同でやっている。

整列の遅い子たちに、アーネストが、ぱんぱんと手を叩く。

「ほら。はやくする。剣の技量順に整列ーっ」

だがなぜか、皆が、女帝(エンプレス)の指示に従わない。

目を見開いて、まじですか？　――という顔で、女帝(エンプレス)の姿を凝視するばかり。

「どうしたの？　ほら、きちんとしなさい。――アテンション！」

「いやいやちょっと無理があるでしょ？　それはさすがに」

イエシカが突っ込みを入れにいく。

「なぜ？」

「いや、なぜ——って？　それはこっちが聞きたいんだけど？」

イエシカは言った。皆が一斉にうなずく。

「アンナ。なんであなた、裸マン、ト、なの？」

アーネストは、昔よく見た格好になっていた。

裸で、その上にマントを羽織（はお）っている。いわゆる〝裸マント〟と呼ばれる状態だ。

変身の解除後には、よくこの姿でいたものだった。

物質化（マテライズ）ができるようになって、服を自前で生み出せるようになってからはあまり見かけなくなったのだが……。

「だって！　朝からずっとだもん！　疲れちゃうわよ！」

「いや朝からって……。え？　ずっと裸でいたの？　まじで？」

「裸じゃないわよ！　マント着てるでしょ！」

「いやそれは着ているっていわない。羽織るっていうのよ。──見えてるし」

アーネストが腕をぶんぶん振るたびに、ちらっ、ちらっと、素肌が覗く。おっぱいとかお股とかが、チラ見えする。

下級クラスの十代前半の男の子あたりは、なぜか、地面を向いていたりする。

「どう思う、ブレイドくん？」

「え？　俺？」

なぜか突然話を振られて、ブレイドは、考えた。

「そこの男子が、なんで地面を向いているのかと思ってたんだが。──そうだ。わかったぞ。アーネストが裸マントでいるからだ！」

ドヤ顔で確信を持って、言い切った。

〝ハダカ〟とゆーものは、恥ずかしいものらしい。見せるのもそうだが、見るほうもそう……らしい？

よくわかんないのだが。

「うん正解ー。でもね。聞きたかったのはそこじゃなくてぇ……、アンナがこんな格好で、どう思うのかということのほうでぇ……」

「べつに？　いいんじゃないか？」

風呂（テルマエ）のときは全開なので、それより隠してる。服ぐらい、自分の好きにすればいいと思う。なにを着るのも、着ないのも自由。

「アンナー、いいってさー、よかったねー？」

どこか投げやりな感じで、イェシカが言う。

「よくないわよ！　心配しなさいよ！　聞きなさいよ！」

「えー？」

ブレイドは言った。

なにこのひと。めんどくさい。

「いま面倒くさいとか思ったかーっ!!」

「えーと……、じゃあ……。なんで、裸でいんの？」

「好きでやってるわけじゃないわよ！」

そうなんだ。好きでやっているんだと思った。

「じゃあ……？　なんで？」

「よくぞ聞いてくれました！　これには深ぁーい事情があるのよ！」

アーネストは、その〝深い事情〟とやらを話しはじめた。

○SCENE・II「フレイミング家の深い事情」

ひさしぶりの里帰りをしよう。

ある日、あるとき、アーネストはふとそう思った。

学園に入学してからこちら、一度も帰省していないことに気づいたのだ。

学園は全寮制で、生活になにも不自由はない。実家からの仕送りはきちんと届いている。以前の――、しかめっつらで生きていた旧女帝時代には、そんなことを考える心の余裕などなかった。

だがブレイドに出会ってからというもの、アーネストの心には余裕ができた。友達ができた。修行は楽しい。なによりブレイドと一緒にいるのが――ああ、いや、うん。なんでもない。

月に二、三度は手紙を書く。それで充分だと思っていたが、このあいだの保護者参観で、久々に両親の顔を見た。あまり話す時間は取れなくて、それで里心でもついてしまったか。

久々に両親に会いたくなったのだ。

「もうすこしだから、頑張ってね。──ツヴァイ」


アーネストは騎乗する巨鳥の頭を撫でた。

霊鳥シームルグの雛鳥。双子の姉弟を学園で預かっている。双子のうちのオスのほう。姉弟のうちの弟のほう。白い羽毛に差し色でブルーの入っているほうがツヴァイである。

ちなみに姉のほうはアインという。

なにか古代の言葉で「1」と「2」という意味らしい。

馬車で一週間かかる距離も、ツヴァイの速度があれば、二、三時間で済む。

わざわざ休みを取らずとも、気軽に日帰りできる状況だった。

今日、帰るということは、先方には伝えていない。サプライズである。

やがて見覚えのある土地が、眼下を流れるようになった。領地の上空にさしかかっている。

アーネストの実家、フレイミング家は、これでも貴族である。〝王家に捧げる四本の剣〟と名高い、魔剣《アスモデウス》を預かる家として、代々、王家に仕えてきた。
名家――だとか、威張るほどではないのだが、そこそこの領地を与えられていて、ちょっとしたものなのだ。

館の庭にツヴァイを着地させ、玄関に、足音を忍ばせて、こっそりと向かう。
お父様、お母様、驚くだろうなー、とか思いつつ声を張りあげる。

「ただいま――あ痛っ！」

アーネストの声は、突然開いたドアによって遮られた。

鼻をぶつけた。涙が出た。

「なんと言われようと無理なものは無理です！」
「そこをなんとか！　なんとかあぁ――っ！」
「なんとか返却させてくださいな！」

恰幅(かっぷく)のいい商人が憤然(ふんぜん)とした足取りで突き進み、その足に、なんと――アーネストの両親がすがりついている。

「このあいだ保護者参観で――！　一度しか！　一度しか着ておらんのです！　なにとぞ！　なにとぞ！」

「購入された服を――それもオーダーメイドの服を返品と言われても困ります！」

「お父様？　お母様？」

「一度でも着ていたら使用済みですぞ！　中古としての買い取りならば応じましょう」

「それはいかほどで？」

「二着で二〇Cr(クレジット)ほどですな」

「あ、あの……？　お父様？　お母様？」

「そ、そんな……、たったの一割……、作ったときは二〇〇Cr(クレジット)もしたのだが……」

「不満でしたら買い取らずとも結構」

「いえ！　それで買い取ってくだされ！」

「ありがとう！　ありがとうございますぅ……」

両親は商人に包みを渡し、金を得る。商人は帰っていった。

そして、地べたに座り込んだままの両親が残される。

その手には、一〇Cr(クレジット)通貨が二枚ほど握られていた。


「あの……？　お父様？　お母様？」

立ち尽くすアーネストの存在に、両親が、ようやく気がついた。


「あ……！　アーネスト!?　ちがうのだ！　これはちがうのだ!!」

「アーネストちゃん!?　ちがうのよ！　これはちがうの！」


必死に言いわけを続ける両親を、アーネストはただ呆然(ぼうぜん)と見つめていた。

なにがちがうというのだろう。

「お父様、お母様。お話はあとでお伺(うかが)いします。とりあえず中に入りましょう」

アーネストは、そう言った。

領民が、見ていた。

近所で農作業をしていた領民が、手を止めて、何人か集まってきていた。「アーネスト様帰ってきたみたいだべー」などと話している。

「ええと。つまり。……借金があると?」

ざっと聞いた話をまとめると、そういうことのようだった。

先ほど出入りの商人の足にすがりついていたのは、この間の保護者参観で着た服をお金に換えようとしてのことだった。

セコい。そして哀しい。

いま両親の着ている服は、外の畑で働く領民たちと同じだった。当て布のツギハギだってある。

だが不明な点がいくつかある。
すくなくともアーネストが家を出る前には、そんな借金なんてなかったはずだ。貴族としては中級であるが、庶民的な基準では裕福であり資産家だ。領地経営をして税だって得ている。困窮する理由は考えられない。

「なぜ借金などあるのですか。まさか――！」

悪い考えが浮かんでしまう。

「お父様が女遊びでもしたとか、外に女を作ったとか――!?」
「ないわよ。あったら殺してます」

母が言う。なるほど確かにその通り。そもそも父は母にベタ惚れで、ちょっと有り得ない。

「ではお父様がギャンブルにでも手を出したとか」
「なぜ私ばかりなのだ？　アーネスト？　父はそれほど信頼がないか？」

しょぼくれた顔で、父が言う。自慢のヒゲもしおしおとしている。

「ではお母様？」

アーネストは、母を見る。自分と並ぶと必ず妹に間違われる華奢（きゃしゃ）で小柄な女性だが、フレイミング家に嫁（とつ）いでくるぐらいなので、ばりばりの武闘派である。一角（ひとかど）の武人だ。そして武器マニアでもある。

「なにか値の張る武具に恋でもしましたか？　お母様？」

「そ、それは……」

母は気まずそうに、父と顔を見合わせている。

単純な使い込みというわけではなく、もっとべつな事情があるらしい……？

「では正直に話してください。怒りませんから」

アーネストは優しい笑顔を浮かべて、そう言うのだった。

○SCENE・Ⅲ「借金の真相」

「それでね！　それでね！　お父様とお母様にね――言ったのよ！　怒りませんからきちんと話してください――って！」

「ふんふん。……それで？　どーだったの？」

グラウンドの真ん中で、車座になって座り込み、事情聴取は続いている。

下級クラスの子たちには自主練をさせて、上級クラス全員でどっぷりと聞き込みだ。

「えっと、おべべで……」

「おべべ？」

聞き役のイェシカが、小首を傾げる。

「つまり、服で……」

「さっき、服、売ってたって、そう聞いたけど？」

「ちがくて……、お父様たちの服じゃなくて……。あの……、私の服でっ」

「アンナの服？」


上級クラスの生徒なので、アーネストには私服が認められている。

ピンクと白が基調となった自分用の制服を、いつもアーネストは着用していた。

学園支給の制服なら無料だが、こちらは自己負担である。


「あれって、普通の服に見えるけど、魔法縫製でけっこう強化されているのよ。そこらの金属鎧ぐらいの防御力があるの」

「あっ」


イエシカが口元に手をあてる。

まわりで聞いている皆も気づきはじめる。

「それは……、高そうねぇ……」

「防御力はあるけど、でも燃えちゃうの。……変身すると」

「あははは……」

乾いた笑いがあがる。それ以外にリアクションのしようがない。

「アンナの部屋のクローゼットって、何十着も、同じ制服が入っていたわよね……」

イェシカがしみじみと言う。

「あれで一ヶ月持たないくらい。教練のある日は、必ず一着、消費するでしょ？　午前と午後で二回ある日は、二着になるでしょ？」

「それで、えーと……、それで？　一着、おいくら？」

イェシカがこわごわと聞く。

「庶民の家が買えるくらい？」

「たっか！　うわっ！　うわぁー！　たっか！　――なんちゅー服着てんのよ！　あんたは！」

「知らなかったのよ！　実家からたくさん送ってくるから！　性能がよくても、そんなに高くないんだろうって――そう思うじゃない！」

それで毎月毎月何十着も――何十軒ぶんもお金がかかって、それであんたの実家は借金漬けになったと。いままでは領地が傾くほどだと」

イェシカは、まとめた。そして皆に向く。

「――ということなんだけど。みんな、了解した？」

「あー、おわった？」

声を掛けられたので、ブレイドは顔を向けてそう言った。

クーをあやすのに、これまでたいへんに忙しかったのだ。

「ひどい！　わたしのピンチに！　ブレイド――ひどすぎる！」

「ピンチっつーたって、せいぜい、これから一生、裸マントでいるかどうかって程度だろ？　どーでもいいじゃん」

「どうでもいい!?　裸マントがどうでもいいですって!?」

アーネストが騒ぐ。

そんな大騒ぎすることか？

「俺、三歳から八歳くらいまで？　放浪生活してて、服なんかないから、いまのおまえみたいにマント一枚でうろつき回っていたんだけど」

「そういえばまえに五歳のブレイド君が——。そんな格好でしたね」

クレアがうなずいてくれる。

なっ？　だろっ？

……あれ？　でもなんで知ってんの？

「あんたと一緒にするなーっ！　私だって女の子なんですぅ！　そんな格好できるわけないでしょ！」

「いましてるじゃん？」

裸マントでじたばたとするから、チラ見えの大サービスであった。

自他共に認める紳士であるクレイとレナードは、自主的に目線を逸らし、非紳士の筆頭たるカシムは、クレアとルーシアの手によって目を覆われている。

「だって！　だって！　わたしのせいなんだもん！　わたしが実家を貧乏にしちゃった！　お父様とお母様がボロ着てるの！　わたしのせーなのっ！　わたしだけいいおべべきているわけにいかないの！　こうするしかないの！」

「おまえ、裸マントでいたいのか、いたくないのか、どっちなんだ？」

根本的なところから、聞いてみる。

「いたいわけがないでしょ！」

「そうなんだ」

ようやく理解できた。

ならはじめからそう言えよ。「たすけて」って。

「――……、――……!!」

ブレイドは、目線を地面に下ろした。

すぐそこにいるが、会話には加わらず、意味不明のソロ活動をしている人物に目を向ける。

「ところで、ルナリアは、これ、なんなんだ？」

「くっ……、くふふふふ……、ふふふふ……、ひひひひひ……」

この話がはじまって、だいぶ最初のあたりから、ルナリアはずっとこんな調子だ。

土で汚れることもかまわず、グラウンドの地面で転げ回っている。

「ふひひひひ……！　ふはっ！　かははははっ！　領地を傾けるほどのっ……！　浪費っ！　ぜんぶ燃やして……、イヒヒヒヒッ！」

「もうっ！　ルネ！　そんなに笑うことないでしょ！」

「ヒヒヒヒヒ！　ヒーッヒヒヒヒ！　ヒヒイッ……し、死ぬぅ！」

アーネストがぷんすか怒るが、ルナリアは笑うばかり。呼吸困難になって死にかけている。

「もういいわよ！　ルネなんて絶交！」

「ヒイッ——！　しょ、しょんなぁ——!?」

「みんなは協力してくれるわよね!?」

「協力ったって、なにすればいいんだ？　——するけど」

ブレイドは聞いた。

「決まってるでしょ！　こういうときにはねっ——」

そこで大きく息を吸い——。アーネストは、叫ぶ。

「——特訓よ!!」

○SCENE・Ⅳ「とっくん」

「だめ……、もうだめ……、エネルギーがない……、瘴気(しょうき)が尽きる……、あううう……」

「アンナ頑張って！　ここで力尽きたら、ご開帳よ！　モロ出しよ！　ほら端っこ！　ほつれてきてるから！」

イェシカが励ます。

午前の学科の時間。講堂で講義を受ける面々が、心配そうに見てくる。

いや。男子たちのあの目は、なにかを期待する目だろうか？

なにを期待しているのか、ブレイドにはまったくわからないのだが……。

もし裸を見たいのであれば、夕方に風呂で、いくらでも見られるだろうに。

「ううう……、エネルギーがっ……、もうエネルギーがっ……」

「あらあら？　ご自慢の〝ド根性〟も、もう種切れですの？　鈍足カタツムリの貴女から、根性を取ったら、いったいなにが残るというのかしら？」

ルナリアが口元に手をあてて、上品に笑う。

「ああっ――！　ルネ！　ありがとう！　もっと言ってもっと！　黒くてドロドロした怨念が

湧き上がるるるる――！　エネルギーがっ！　瘴気がっ！」

「な……、なんですの？　ヘンタイですの？　気持ち悪いですわ」

「うっ、くっ――、なんだとぉ！　ゴラァ！」

「だいたいその悪趣味な服はなんですの。デザインした人間の顔が見たいですわ」

「私だ！　おおう！　文句あっか！」

物質化（マテライズ）のスーツが、ぎゅおっと濃くなる。

ほつれていた部分も修復されて、元通りに再生する。


「お。直ったぞ」

「魔獣の物質化（マテライズ）の能力は、瘴気がエネルギー源だからな。いわゆる負の感情。怒り、妬（ねた）み、恨み、その他もろもろだ。――ルナリア、手助けしたいのであれば、もっとなじってやるといい」

「わたくし、なじったことなどありませんわ。ただ事実を告げているだけですもの。この山猿がどう着飾ろうと鍛えようとイメチェンしようと、山育ちであることは変わらぬ事実ですもの。ほーほほほっ！」

「……ほーほほほ、を、いただきましたぁ～」

アーネストが、地の底から響くような声をあげる。ぎりぎりと歯ぎしりする。

怨念？　負？　そんなようなものがチャージされていく。

「あのぉ～、そろそろぉ～、授業を～……、続けたいのですがぁ～……？」

教授が遠慮がちに聞いてくる。

皆で手を挙げて謝った。

すいませーん。

○SCENE・V「とっくんきかず」

「あうううう……、だめ……、もうだめ……」

午前の学科を乗り切って、なんとか、午後の実技の時間までこぎつけたが――。

アーネストは干物みたいになっていた。

足りない瘴気を、生命エネルギーやら気やらで補っているので、こんな有様になっている。

魔人化のときのエネルギー不足なら、単なる熱量（カロリー）の問題なので、バケツプリンでも食わせておけば復活するのだが、瘴気の場合は簡単にはいかないらしい。

てゆうか、そもそも人間が瘴気を発生させられるなんて、非常識極まりないことなのだ。元勇者にだって無理無理っ。

『それは……？　瘴気か……？　その娘……、本当に人間か？』

ほーらみろ。リッチキングだって驚いている。

「むぅ。これ以上は生命維持に関わるぞ」

マオにより、ドクターストップがかけられた。

物質化（マテライズ）を解除したアーネストは、どさりと地面に倒れ込んだ。

すかさず救護班ならぬ女子たちが駆け寄って、いつものマントでその体をくるみこむ。

また怪人裸マントに逆戻りだ。

「あああ……っ、悔しいっ……」

「ほーほほほ！　自慢の根性が通用しない山猿は、塩をかけられたナメクジのようですわ！」

「ルネ……、それは、もういいんだって……」

「あら？　そうなんですの？」


特訓は、失敗だ。

〝二十四時間、ずーっと物質化で過ごせば服を燃やさずに済むじゃない！　私あったまいー！〟

——作戦は、失敗に終わった。


がっくりとくずおれたアーネストを見下ろしていたルナリアだったが、ふと、思いついたようにつぶやく。


「そういえば……、ずっと疑問だったのですけど」

「なに？　どしたの？」

「アンナの勢いに乗せられたまま、言い出しそびれていたのですけど」

「はやく言いなさいよ」

「そもそも特訓をしても意味がないのでは？」

「なに言ってんのよ。服が自前で賄えていれば、すっごい節約になるじゃない。……ま、うまくいかなかったんだけど」

「でも築き上げた借金は減らないのでは？」

「……へ？」


アーネストは、ぴたりと止まった。

ぎぎぎ、と、首を回して、ルナリアを見る。


「な……、なんで？」

「なんでもなにも。借金の原因である浪費がなくなれば、これ以上増えることはないでしょうが。すでにある分は減りませんわよ？　むしろ利息があるだけ、どんどんと雪だるま式に増えていくだけでしょう？」

「な……、なんで？」

「壊れてしまったのかしら」


ルナリアは、ふう、と、ため息をついた。

「なんで？　なんでなんで？　ナンデナンデナンデ？　――アイエエエ！」

奇声をあげるアーネストを、皆は、生暖かい目で見守るばかりだった。

○SCENE・Ⅵ「借金完済だいさくせん？」

「借金！　返すの！　お父様とお母様がボロを着なくていいようにするの！」

握った拳を星空に向けて振り上げ、アーネストが仁王立ち(におうだ)になる。

夕食をばくばくと食べて、風呂(テルマエ)に浸かって、はーと言ったあと、アーネストはようやく復活を果たした。

もーなんかこれほっとけばいいんじゃないか、という空気が皆の間に漂ってはいるものの、まだ一応、つきあってはいる。

「なんかいい案あるのか？　――金、稼(かせ)ぐんだよな？」

ブレイドはそう聞いた。自信に溢（あふ）れたアーネストの秘策を、まずは聞く。

「あるわよ！　うん！　さぁみんな考えて！」

「……………」

なんともいえない空気が、皆の間に満ちる。やっぱもーこれほっとくか？　——と、アイコンタクトが交わされる。

「うそうそうそ！　わたしだって考えてるわ！　考えたわよ!?　えーとえーとえーと……、ほ、ほらっ！　ブレイドが前にプレゼントしてくれたとき、なんか自分でお金稼いでたのよね！　あのときはどうやって稼いだの!?」

それは考えたといえるのか？　……まあいいけど。

「あれは、胸に看板提げて、噴水広場の前で立ってたな。〝勇者貸します〟——って看板に金額と一緒に書いてさ」

「勇者ぁ？」

「……そういう屋号なんだよ。〝勇者屋〟っていうの」

「わたしもやる！　勇者屋！　やる！」

「一日朝から晩まで立ってて、何件か仕事がきて、それで五〇ミリＣｒぐらいにはなったなー」

「五〇ミリ！　たったの五〇ミリ！」

ちなみに王国の通貨はＣｒである。一ミリＣｒは、一Ｃｒの千分の一。

五ミリＣｒぐらいで、パンが一個買える。

一Ｃｒだと、高級レストランでフルコースが食べられる。

王都の平均的家庭の月収は、二〇Ｃｒぐらいだ。

勇者の一日の稼ぎの五〇ミリＣｒという金額では、パンが五個ほど食べられる。お腹いっぱいには……なれる？

「ぜんぜん足りない！　わたしの制服、一着いくらすると思ってんの!?」

「家一軒分？」

「だめでしょ⁉　何万年突っ立っていても完済できないでしょ⁉」

「しらねーよ」

聞いたから、答えただけだもん。

まあアーネストのためだから、本気になって考えてみる。


……考える。

……考えてみる。

……考えてみたけど。


だめだ。思いつかない。

元勇者に、金を稼ぐ手段なんて思いつくはずがなかった。

あのときだって、プレゼントをしたくて、頑張って考え出したのが、勇者屋という商売だったわけで。

「そうだ！　陛下にお願いして借りるってのは、どうかしら！」

ぐるぐるした目で、アーネストが言う。

「アンナ。アンナ」

イェシカが手をぱたぱたと振って、止めにいく。

「それ借りる先が変わるだけで、借金、減ってないから。あと貴族は王に税金を納める側ね。お金出してもらう側じゃないから。最悪、爵位取り上げになっちゃうわよ」

「だめだった！」

ぐるぐるした目のアーネストが、つぎに閃く、天才的なアイデアは――。

「そう！　アシュガルド王子って、お金持ちよね！　おねがいして貸してもらう！」

「お姉さん、サイテーです」

サラがじっとりとした目で言う。

「あとそれまた借金じゃないですか。利息十一（といち）にしてもらいますよ。あと軽蔑（けいべつ）します。絶縁です」

「うそうそうそ！　しないしない！　やらない！」

「ならいいですけど」

「借りるんじゃなくて！　かわいくお願いするの！　そうして援助してもらうの！」

「サイッテー」

「あっ冗談。冗談だからね？」


ぐるぐるした目の人間の言うことは、冗談か本気か、まったく区別がつかない。


「もうすこしまともなプランはありませんの？」

「そうよね。すこし混乱していたわ。……ありがとう。ルネ」

「リッチキングせんせーの本業って、暗殺者（アサシン）みたいですよ？」


サラが言う。

「え？　暗殺？　……ちなみに依頼料とかって？　参考までに？」

「さあ？　そこまでは……」

　ブレイドは聞いたことがある。

「一件、最低、一〇〇万Cr(クレジット)かららしいぞ。でもあいつ、金じゃなくて、強い相手じゃないと引き受けないから――」

「一〇〇万！　わたし！　やる！　暗殺！　する！　――ねえ誰を殺してくればいいの!?」

「落ちつけ」

「ねえ弟子になったらお小遣いもらえるかしら!?」

「もっと落ちつけ。あと戻ってるぞ。――借りるのと貰(もら)うのは、なしなんだろ」

「そうよね。……自分で稼(かせ)がないと。ああもう！　貴族の令嬢にお金稼ぐことなんて無理よ！ぜんぜん思いつかない！」

「令嬢？」

　誰が？　どこに？　皆が同じ顔になって、視線を巡らす。

　さまよった視線は、ルナリアとクレアあたりで落ちついた。

「ふふっ……」

「私、貴族じゃないよ？　庶民だよ。お祖母ちゃんの時代までだから」

ルナリアはまさに貴族の令嬢という感じだ。

クレアもなんか令嬢っぽい。親戚は領主で貴族だし。

「そうだ！　赤魔狼が南の大橋で通り魔やってるわよね。あの真似をして、腕自慢から武器を奪えば！　けっこうな名剣が手に入るから、それを売り払えば！」

「どうどう。それはどっちかってゆーと、犯罪行為？」

「いえそんなことしなくても、赤魔狼から取り上げれば！」

「舎弟から上納金巻き上げるのは、なしの方向でひとつ」

「てゆうか！　――これ売ればいいんじゃない！　わたし！　あったまいー！」

アーネストは《アスモデウス》を掲げて、目をぐるぐるとさせている。

《NO――っ！　ノオォォォ――っ！》

アーネストの迷走は、しばらく続いた。

○SCENE・Ⅶ「親友の援助」

「はあぁぁぁぁ……」


昼休みの芝生（しばふ）の上。

本日何度目かの、大きなため息が、アーネストから漏（も）れる。

目をぐるぐるさせていた当初から、すこしは落ちついてきているので、服はいつもの制服に戻っている。ピンクと白で、ミニスカートと黒タイツ。

もうこれ以上無駄にするわけにはいかないので、実技教練で魔人化するときには、きちんと脱いで畳（たた）んでいる。

クローゼットの中にあった何十着もの〝在庫〟は、あらかた、王都の仕立屋（テイラー）に買い取ってもらった。

性能は最高なので、素材に戻して、戦う令嬢向けに仕立て直すらしい。

ある程度まとまった金額にはなったものの、領地の借金の総額に比べれば、焼け石に水である。

お金儲けの名案は、いまだに浮かんでいない。

そんな簡単に大金が稼げるなら、誰もがやっていて、大商人になって大儲けしているはずなのだ。

ブレイドたちは一介の学生に過ぎない。そんな名案など浮かぶはずがないのだ。

「イライザが無限にお金を生み出す機械とか作ってくれないかしら」

「やめれ。できるかもしんない……できるだろうけど、だめだろ」

「そうよね」

アーネストは真面目な顔で考えこむ。

「やっぱり……、リッチキング先生に暗殺仕事、紹介してもらおうかしら……」

現実的に考えて、それしかないかもしれない。

その時には、ブレイドもついていこうと思った。勇者をやめて、もう殺しはしないと誓ったが……。

アーネストのためなら、破ってもいい。


「ああ。ここにいたんですの。捜しましたわよ」

髪をしゃらんとかきあげて、ルナリアが涼やかに言う。

「アーネスト。貴女のところ。田舎だけあって、農業はお盛んですわね」

「ええそうね。館の正面まで畑よ、畑。ほかになーんにもないわ」

主要産業が農業なので、いきなり増収ができない。

秋の収穫まで税収は見込めないし、増産するにも、まず開墾して農地を増やしてからになる。

「それで特産品が、大根でしたかしら?」

「ええそうよ。みーんな毎日たくさん食べてるわ。甘いから漬けとくだけで、いい感じの酢漬けになってくれるのよね。……って、ええ。はいはい。田舎よ田舎。大根が名産になってるド田舎よ。これでいいんでしょ？」

「わたくしが言いたいのはそうでなくて――」

「もう……、ルネ。いつもの悪態のつもりなんでしょうけど。いまはやめてよ」

アーネストは言った。ちょっと涙がにじんでいる。

「ち、ちが――!?　そういうのではありませんことよ！　わたくしが言いたいのは――」

うろたえて、あたふたと取り乱したルナリアだったが、そこで言葉を止めて、咳払いを一つ。

いつものクールさと優雅さを取り戻してから、話を続ける。

「その大根。甘いことが特徴なのですけど。ただ酢漬けにして食べるだけでなく――絞って精製すると、砂糖が取れることは知っています？」

「……お砂糖？」

「ええ。それに絞りかすは牛馬のための良質な飼料にもなります。そのまま食すより、よほどお金に換わりますわ」

「えっと……？」

「知っての通り。我がシュタインベルク家は各方面に手広く事業を展開しております。この度、大規模な砂糖工場を経営することに決定しました。つきましては、原材料の輸入先として、フレイミング領との交易を希望します」

「えっ……？　えっ？」

「ただし原材料をいちいち輸送するのは効率が悪いので、フレイミング領内に工場をいくつか建設予定です。その契約については、フレイミング家との共同経営とします。当初、必要とされる資金については、無担保、無利子による融資を考えており――」

「ルナリア……」


アーネストが、ルナリアを見つめる。


「ふっ……、〝ルネ〟と愛称で呼んでも、よろしくってよ？」

「ルネぇ――っ！」

アーネストが飛びついた。

ぎゅうう――っと、抱きしめられたルナリアは、目を白黒させている。

「アンナ……、強い強い、背骨が……、息が……、ああでも、このまま絞め殺されるのも……、イイかも……」

「ルネ！　ルネ！　うわああ――ん！」

アーネストは感激の極みから帰ってこない。

ルナリアを芝生の上に押し倒す形で、むせび泣き、抱きつき、すがりつく。

「ああ……、だめ、だめですわ、アンナ……。こんなところで……、せめてベッドで……、だめぇ……、みんなが見てますぅ……、ああブレイド様……お願い見ないでぇ」

「なんで？」

ブレイドはそう聞いた。真横から真顔で。

みんな微笑ましく見ている。……男子はなんか顔を赤くしているが。

アーネストの領地の借金問題は、よくわからないが、解決したっぽい。

「ありがとー！　さすが成金！　ルネ！　こういうときには頼りになるわ！」

「それ喧嘩売ってますの？」

「褒めたんでしょーっ！」

「山猿に金策は無理でしょうから。すこし手助けしたまでのこと」

「それ喧嘩売ってる？」


「仲がいいなおまえら」

じゃれあう二人を、ブレイドは、微笑ましく見つめた。

第三話　「クーママの特訓」

○SCENE・I　「ガマンのできる子」

「クーはガマンのできる、強い子だなー」


ブレイドはそう言って褒めながら、クーの頭を撫でた。

ぐりんぐりんと、頭ごと摑んで振り回すぐらいの強さだが、竜種だと、このくらいでちょうどよく、気持ちもよいらしい。


いつもの第二試練場。いつもの午後の実技教練。

授業が終わっても「おしえてくださーい」とまとわりついてくる下級生の子たちに教えていた。

リッチキング先生は上級クラスには大人気だが、下級クラスのほうには、ブレイドを慕ってくれる子がけっこういる。

特にアルティアを筆頭とした魔法少女隊は、率先して、押しかけてくる。

おしかつ？　推し活？　なにかそんなようなことを口走りながら、連れ立って教わりにやってくるのだ。ちなみに女子が多い。

熱烈に請われれば、ブレイドも指導に熱が入る。

授業の終わる放課後には、クーと遊んでやる約束をしていたのだが、今日はちょっと時間が押してしまった。具体的には三十分くらい。

それでもクーは辛抱強く、我慢して待っていてくれた。

だから褒めた。撫でくり撫でくりと、力一杯、褒め称える。

「ごめんねー、クーちゃん」

アルティアが言う。隙あらば、という感じでクーの頭を撫でにいく。

「親さま？　我は強いのか？」

「うんうん。強いぞー。ガマン強いなー」

「そうか！　強いのはいいことなのじゃ！」

クーは喜んでいる。なにか竜種の琴線にふれたっぽい。

「我は強いのじゃ！　ガマンで強いのじゃー！　きしゃーっ！」

クーが気勢をあげる。ぼっと口から火を吐き出す。

その日から、クーのマイブームがはじまった。

○SCENE・Ⅱ「クーのマイブーム」

「アーネストは、つよつよなのじゃ。ガマン強いのじゃ。人のなかでは、かなり上なのじゃー。Sランクなのじゃー」

「そうお？　ありがと」

Sランク認定を貰ったアーネストは、にっこりと微笑む。

みんな、よくわかっていないながらも、クーの遊びに付き合っている。

マイブームの風が吹くあいだ、クーは〝ガマン〟のオーソリティーである。査定し、検査し、そして認定するのだ。

まー、どうせそんなに長くない。そのうち飽きる。子供の遊びというのは、そういうもの。

「クレイはBランクなのじゃー」

「ええ？　俺、そんなたいしたことないって」

いやいや――と、皆は首を横に振る。

日々、こつこつと真面目に修練に励むクレイは、充分、ガマン強いほうだろう。

「クレイはなかなかなのじゃー。親さまとアーネストがいなければ主人公だったのじゃー」

「それよく言われるんだけど。主人公ってなんなのかな？」

クレイは首を傾げている。

「レナードはAランクなのじゃー。よくぞガマンしていたで賞をあげるのじゃ」

「あ、うん……。ああうん。ありがとう」

レナードはあまり嬉しそうでない。

「ちょっと！　なんでこれがAランクなの？　もっとぜんぜん下じゃないの？」

「これでいいのじゃ」

クーがレナードの肩に、ぽんと手を置く。

皆もうんうん――と、うなずいて返す。

「つぎはカシムなのじゃー。なのだけど……。カシム！　ステイ！　ステイなのじゃ！」

すぐそこに立つルーシアが、スカートを引きあげかけたところで、その手を止めている。

地面に這いつくばって、ローアングルを決めれば、ぱんつが見える。そういう位置関係。

だがクーは冷酷にも「ステイ」を出した。おあずけだ。

一秒、二秒、三秒……。時間が経っていく。

「も……！　もー！　しんぼーたまらーん!!」

なんとカシムは、五秒ものあいだ、ぱんつをガマンできていた。


「カシムはFランクなのじゃー」

「人類最低のクソ野郎なのです。ダーリンはクソザコです。そこがダーリンのいいところです」

「もっとゴミを見るような目でなじってくれー！　オレさー！　なんか最近目覚めてきたぜーっ!!」

「こんど、なじるのガマンさせるですか？」

「どうせカシムはなにをやってもFランクなのじゃ」


クーは調子よく、そして気分よく、ランクを付けていった。

ガマンの〝強さ〟で、次々と測る。人を選別していく。

竜種にとっては、〝強さ〟は大事なのである。

それがどんな種類の〝強さ〟であっても――。

○SCENE・Ⅲ「クーとクーママ」

「きたのじゃー！」

王都から竜種の感覚で〝ちょっと〟離れたところに、クーの母親である放蕩姫は〝巣〟を作っている。そこにやってきたクーは、元気よく声を掛けた。

「ああん……、クーちゃん！　〝ただいまー〟って言ってくれていいのよぉ！」

出迎えたクーママは、身をくねらせながらそう言った。

「…………」

クーは半眼になって、三秒ほど考えていたが――。

まあ、そのくらいはいいかと、竜種の広い心でもって判断した。

「ママ、ただいまなのじゃ」

「あああ――ん！　おかえりなさぁい！　クーちゃんとママの愛の巣へー！」

どのへんに〝愛〟があるのだろう。クーは顔をめぐらせて巣の中を探した。

生まれる前にタマゴを放置された。育ったその後も、すっかり忘れ去られていたのだが……。

クーを最初に踏みつけてくれたのは親さまであるが、ママにも何度も踏みつけられている。

よってママをママと認めることは竜種的にやぶさかではないのだが――。〝愛〟はどこ？

「クーちゃんクーちゃんクーちゃん！　なにか食べる？　ママの手料理食べたい？　ちょうど狩りたてのワイバーンがあるのよー。まだ血の味もするから、クーちゃんも気に入ると思うのよー！」

「それは美味そうなのじゃー」

クーは、にぱっと破顔した。学園だと食堂ですごく美味しいものが食べられる。でも血の滴る生肉とかは、あまり食べさせてもらえない。

どちらが美味いかといえば、それはもちろん、食堂のマダムの料理である。
だが竜種的に、生肉も捨てがたい。

「さあ、たんとお食べー」

どん、と、皿でもなく地面に直接置かれた生肉に、あーうん、こういうところ、竜種ダメだよねー、とか思いつつ、クーは、ごはんにありついた。
馬車一台くらいある肉塊に、首を突っ込んで、好きなだけ貪り食らう。

「ママの手料理、おいしいー？」
「うん、おいしいのじゃー」

顔といわず首まで血まみれにして、クーは言った。
でもこれ〝手料理〟とは違うと思う。

ママが喜ぶ。クーも喜ぶ。
もうすこし訪ねる回数を増やしてあげてもいいかなー、と、クーがそんなことを思いはじめたとき――。

「たのもー!」

巣の入口のあたりで、誰かの声がした。

「あらあら、クーちゃんちょっと待っててね。性豪さんだと思うから」

「せいごうさん?」

クーは、こてんと首を傾(かし)げる。知らないコトバだ。

「ごめんねー、クーちゃん、ちょっと待っててねー」

入口で来客に応対したクーママは、そのまま、人間の男を連れて別室へと入っていった。

数分ほどして出てくる。男はしおしおの干物(ひもの)みたいに変わっていて、クーママのほうは肌を艶々(つやつや)と輝かせている。

「あらー、クーちゃん一人でお食事できるのねー。えらいわー」

「当然なのじゃ」


自分で狩りだってできる。

たまにアインとツヴァイ――弟妹たちと一緒に、人里離れた山野に出かけて、獲物を獲って、現地でぱくぱくと食べている。

だけどアインもツヴァイも同じ意見であった。――親さまに貰ったものを食べるのが、いちばん美味いのだと。

クーママにもらうものも、親さまほどではないが、やっぱり美味い。

もう半分なくなってしまった。食べきってしまうのを惜しく感じる。


「ママ。これはもうないの――」

言いかけたところで、また入口に誰かが来た。


「あのー……、すいませーん……?」

「あらあら。クーちゃん、ちょっと待っててね」

今度は人間の少年だった。学園に通っているのと同じぐらいの年の少年が、遠慮(えんりょ)がちに巣の入口から覗(のぞ)きこんでいる。


「あの……、ここに来れば、お姉さんがいいことをしてくれるって、そう聞いて……」

「よく来たわねぇー！　さぁさ！　さぁさ！　あがってあがって！　それでボク？　女の人ははじめてなのよね？　ねっねっ⁉」

「は、はい……、僕、はじめてで……」

「やったあぁぁ——っ‼　ひさびさのチェリーよおおぉ‼」


ばるんばるん、大きなバストを振りたくって、クーママは歓喜する。

そしてクーは半眼になっていた。


「ママ？」

「ちょっと待ってね！　ちょっと待ってね⁉　すぐ！　すぐだから！」

「——ママ」

クーは、言った。

クーママはぴたりと動きを止めた。

「……いいじゃなぁ〜い？　ひさびさの——！　ひさびさのッ——!!　チェリーなのよっ!?　このあたりじゃ絶滅危惧種なのよぅ！」

普段であれば、クーは気にしない。

さっきから部屋に男やら少年やらを連れ込んで、なにをやっているのかは、よくわからないのだが……。なんか、サラあたりのいう、えっち？　——に関係することじゃないかと思うのだが……。

いつもならまったく気にしない。

だがクーの現在のマイブームは「ガマン」であった。

竜種は最強ゆえ——、もちろん、ガマンにおいても最強であらねばならないのだ。

よって、クーは、測定することにした。

「おねがい！　おねがい！　ちょっとだけ！　先っちょだけだから！」

「ママ」

断固たる声で、クーは言う。

「ママ。おあずけ――なのじゃ」

クーママは、ぴたりと動きを止めた。
クーは数をかぞえはじめた。

ゼロ……、

「もう無理イィ――、ママ無理イィ――、ちょおおぉっと待っててねえぇぇ――!!」

ぴゅー、と。
クーママは少年を連れて、別室にこもってしまった。
クーママが〝ステイ〟できていた時間は――。

一秒未満。ゼロコンマ三秒。

○SCENE・Ⅳ「クー、荒ぶる」

「だめなのじゃー！　カシム以下のゴミムシだったのじゃー！」

荒ぶるクーが、地団駄を踏んでいる。

いつもの夕食の時間。

食堂に集まった面々は、何事かとクーを見ている。

「オレなんでディスられてんの？」

カシムがつぶやく。隣のルーシアがすかさず言う。

「ダーリンはゴミムシですよ？　間違いないです」

「うほっ！　ゴミムシいただきましたぁ！」

カシムは喜んでいる。

「クーちゃん。クーちゃん。どうしたの？　なにを怒っているの？」

ルーシアとは反対側から、クレアが聞いた。

「怒っているのではないのじゃ！　我は情けないのじゃ！　物凄い落胆じゃ！　大ショックだったのだ！」

「そうなんだ。――ほらカシム。怒られてたんじゃなかったよ」

「そっかー」

カシムがうなずく。

「ママが……！　ママがママが……!!　カシム以下のゴミムシだったのじゃー！」

「カシムだって、五秒は――!!　ぱんつをガマンできていたのだ！　だが我のママは〇・三秒だったのじゃー！　それっぽっちしかガマンできなかったのだー!!　おとこと、チェリー？

とかゆーのに飛びついていったのじゃー！」

「あー……」

ようやく事情がわかってきて、皆は納得の顔をした。

「ねえ、ブリちゃん？　おとこ？　――が我慢できないって、どういう状況なのかな？　わかる？」

年少組は、こしょこしょと、ナイショ話をしている。

『きっと強い男を斬り殺したいんだと思うよ』

「そうなの？　マザーちゃん知ってる？」

ジュースをちゅーちゅー吸ってるマザーに聞く。あれは見た目は年少でも中身はウン万歳の耳年増(みみどしま)で――。

「禁則事項により、未成年者には伝達不能」

「わたし大人だもん！」

ブレイドはアーネストと二人して肩をすくめた。

「放蕩姫……、クーのママさんって、我慢とか苦手そうよねぇ」

「竜種でほぼ最強だからな。我慢なんてしたことないだろ」

「むしろ○・三秒、よく我慢できたほうなんじゃないの？」

「褒めてやらなきゃ。こーゆーの、褒めて伸ばすんだっけ？」

「だめなのじゃ！」

クーは、きっぱりと言う。

「カシム以下は絶対に容認できん！　だめなのじゃーっ!!」

手足を振り回して――クーは、じたじたした。

「なぁ？　オレやっぱり、さっきからディスられているような気がするんだけど……？」

「そんなことないよ。カシム。違うから。だいじょうぶだから」

「ダーリンは最弱のクソザコなのです。事実だからディスられてないですよ」

「そっかー、そうだよなー」

カシムは何度も首を傾げながら、一応、納得する。

「それでクーちゃん、すぐ帰ってきちゃったのね」

アーネストが言う。クーはお泊まりのはずだった。

今日はママのところに泊まってくるのじゃー、と、ニコニコと出かけていったのだが……。

「我はママを見限ることにしたのじゃ」

「え？　ちょっとそれは――」

「あんなクソザコのゴミムシは、ママでも竜種でもないのじゃ！　離縁なのじゃ！　勘当なのじゃ！」

「あー……」

周りは誰もフォローを入れられない。

子供の気持ちを考えれば、なにも言えない。

うきうきと実家に帰ってみたら、母親がチェリーに飛びついている。そんな場面を見せられたとか……。〇・三秒も我慢がきかないとか。

自分でも離縁するだろう。

「ママのバカー！　ゴミカシム以下ーっ！　もうしらないのじゃー！　あんなのママじゃないのじゃーっ！」

荒ぶるクーを止められる者は、誰もいなかった。

○SCENE・V「クーママ」

「あのぅ……、放蕩姫……さん？」

先頭に立つアーネストが、怖々(こわごわ)と声を投げる。

上級クラスによる決死隊を募(つの)って、クーママの〝巣〟を訪れた。

巨大な骨でできあがった骨塚が、クーママの〝巣〟だった。

ドアもなにもない、その入口らしき場所から声を掛けるが、返事はない。

「入るぞー」

ブレイドは先頭に立って、ずかずかと踏みこんでいった。

「うわ。なに。……水浸し？」

アーネストがブーツを気にしている。巣の中の地面は水浸しで、くるぶしくらいまで埋まる沼地と化していた。

「えぐっ……、ひっく……ひっく……、うあああ……っ」

明かりも灯っていない暗闇の奥に、爛々（らんらん）と光る二つの眼があった。

「ひっ！」

思わずアーネストが悲鳴をあげる。

だが危険はなにもなく――。

「うあああああ――ん！　クーちゃんに嫌われちゃったあああ――ん！」

ただ放蕩姫が、ガン泣きしていた。

「クーちゃんが……！　クーちゃんがっ、離縁だって！　勘当だって！　もうおまえなんかママじゃないって！　そう言われたのおぉぉ――っ！」

どばぁ、と涙が噴き出る。

足元が水浸しになり、沼ができあがっていたのは、放蕩姫の涙が原因だった。

「あ、あのぅ……、お母さま？」

子供のように泣きじゃくるナイスバディの女性に、アーネストが、おずおずと声を掛ける。

ゆっくりと顔があがる。その目がアーネストを捉える。

「あなた、ニンゲンさん……、クーちゃんのお友達の……。アンナちゃん」

「そうです。そうです。……てか、名前は覚えてくれてたんですね」

「おまえさ。泣いてる場合じゃないだろ」

「あなた、ブレイド……。クーちゃんが親って呼んでるニンゲンさん」

「ブレイドも覚えてもらえてるのね」


こいつに名前を覚えられるのは、相当のことだ。人間では何人いるのやら。


「ニンゲンさん！　ニンゲンさぁん……、おねがい……、教えてよう……、どうしたらクーちゃん戻ってきてくれるの？　どうしたら許してくれるの？」

「そのまえに、だな……。なんで嫌われたのか、わかってんのか？　おまえ？」

「ぜんぜんわかんないの！　なんでクーちゃん怒ってるのっ⁉」

「じゃあ、だめだなー」

「だめよねー」

アーネストと二人で嘆息(たんそく)する。

他の皆も、うんうんとうなずいている。

「うわあぁ――ん！　もう一生口きいてもらえないんだー！　近づいたらあっち行けっていわれるんだー！」

泣きじゃくる放蕩姫に同情を向ける目が多い。特に女子。

だがブレイドは、同情しなかった。正直、ちょっとイラついている。

「おい、おまえ。ピーピー泣いてんじゃないぞ。クーだって泣いてなかったぞ。――怒ってたけど」

「やっぱり怒ってたんだあぁ――っ！」

「だから泣くな！」

「びぃええええ――っ！」

また泣きやがる。

「ぶ、ブレイド……、き、厳しいのね？」

アーネストが言う。ぎぬろ、と睨んでやったら、「ひっ」とか悲鳴をあげている。

「親だろ、こいつ。ピーピー泣くまえにやることがあるだろ」
「あっ、うん、そっか。……そうだよね。うん。ブレイドが正しいわ」
「そだろ？」
「んしょ……、っと」

アーネストは腰を低くした。

「ねえ放蕩姫さん？」

泥沼のなかに膝をつき、泣きじゃくる相手に目線を合わせる。

「アンナ……ちゃん？」

「クーちゃんを取り戻したいのよね？　なにがダメなのかは、いまはわからないけど。わかるようになって、そして克服するつもりはあるのよね？」

そう言って、手を差し伸べる。

「うん……、うんっ！　クーちゃんが戻ってきてくれるなら、なんだってやる！　やるわっ！」

放蕩姫は、アーネストの手を取り、力強くうなずいた。

「それが聞きたかったの」

アーネストは微笑んだ。

「こういうときはねッ――――！」

掴んだ放蕩姫の手を、高々と頭上に掲げる。

「――特訓よ!!」

○SCENE・Ⅵ「クーママの死地」

「よっし！　次イィ！　――破竜系部隊！　準備はいいーっ!?」

「応ッ！」

「撃てぇぇ――っ！」


女帝が抜剣して、振りかざす。

それを合図にして、下級クラスまで含めた十数人ほどが――。

ずらりと並んだ生徒たちが、破竜穿孔を一斉に放つ。

どごーん、と、衝撃波がここまで響いてきた。

破竜系一の太刀、牽制以下の初心者練習用の技とはいえ、それだけの数が束ねられると、かなりの威力となる。

そして上級クラスには、その上を撃てる者もいる。

「ど、ら、ぐ――」

クレイが腰だめに構えて、気を練っていく。

「あーちょっと待てクレイ。バニッシュはまずい。イーターにしとけ」

ブレイドは右隣のクレイにそう言った。

「そうか？　じゃあ……。ど、ら、ぐ――イーター！」

「俺も――破竜饕餮！」

「どらぐいーたー」

「破竜饕餮と告げます」

クレイ、ブレイド、ソフィ（アン）、イオナ――と、四人で並んで、仲良く破竜饕餮をぶっ放す。

「私たち、なんでか、それ撃てないのよねー」

「ですわねぇ」

学園の女帝（エンプレス）二人が、手持ち無沙汰（ぶさた）にそう言った。

「そのかわりに怪獣ビーム撃てるだろ」

口から同威力のビームを放てるようなやつらは、竜を倒すために人が編み出した技なんぞ、ちまちま使う必要がない。

もうもうと上がる土煙が晴れていく。

そこには、ほぼ無傷のそいつがいた。

十数発の破竜穿孔（ドラグスマッシュ）――。

さらに四発の破竜饕餮（ドラグイーター）――。

試練場の中央にいる生物は、すべての攻撃を無抵抗で受けていた。

神鉄の鎖で両手両足を地に繋がれ、身動きもできない状態で避けることもなく、すべての攻撃をその身で受け止めていた。

「ふっ……、ふふふっ……、まだよ、まだまぁだ……。こんなんじゃ、ぜんぜん、怒らないわよぉ……、妾は我慢強いんだから」

しゅうしゅうと体から蒸気をあげながら、放蕩姫は不敵に笑う。

さすがに竜種の成体。しかも数ある竜種のなかでも最強の種である黄金竜。そして長老よりも強いと噂の麒麟児。破竜の技とはいえ、一の太刀や二の太刀程度では、その身になんの傷もつけられない。

せいぜい、服がぼろぼろになった程度。

どこかエッチぃ感じのあの服は、クーとは違って人間製だったらしい。

クーの場合は体表を変化させているわけで、服のように見えているあれは、実は全部皮膚だったのウロコだのである。だから竜鱗と同じ防御力を持っている。

「すっげー！　おっぱいでっけー！　おっぱー！　おっぱー！」

カシムが騒ぎまくる。クレアとルーシアと、あとなぜかツインテの親衛隊長の三人から、よってたかって制圧されている。

「おい。防御力もっと下げろよ」

ブレイドは放蕩姫に文句を言う。

「ええーっ？　下げてるわよぉ？」
「もっともっと下げろ。限界まで下げるんだよ。じゃないとダメージ入らないだろ」

人化形態とはいえ、黄金竜の装甲を貫くのは並大抵のことではない。もっと上の技が必要になる。正直、しんどい。

よって放蕩姫には、自発的に防御力を下げてもらう手筈(てはず)だ。

「こ、こうかしら？」

「下がってねーよ。まじめにやれよ」

「えー？　どうしたらいいのぉ？」

「人間のキモチになれ！　人間並まで下げろっつーてんの」

「わっかんないわよー？　いやん、いやん」


手を胸元で合わせて、いやいやをする。でかい双丘が、ばるんばるんと揺れる。

男子たちの半数近くが前屈みになり、ブレイドは逆にイラついた。

「媚びてんじゃねえぞ。――次！　魔法部隊！　撃ち込んでやれ！」

「は――はいっ！」

アルティア率いる、下級クラスの魔法系少女たちが、集団合成魔砲を披露する。

いつもの五人を筆頭に、ほかにも十数人が参加した大規模儀式魔砲である。

魔法ではあるが〝魔法〟ではない。〝魔砲〟である。

補助をする十数人が結界を張り、砲塔を形成。中核となる五人が、内側に膨大なエネルギーを注ぎ込む。

一人一人の技量は劣っても、集団で協調すれば、個人では不可能な威力の術式を行使できる。

アルティアたちは、もともと五人で集団魔法を撃っていた。

それを更なる大人数用に拡張して、集団による戦術魔法という、新たな境地を開拓したのだ。

「真・閃光魔砲（グランライトキャノン）！」

「あんぎゃ――――っ！」

防御力を下げて待っていた放蕩姫が、悲鳴をあげる。

これは効いたろう。さすがに効いたろう。

煙が晴れたところには、原形を失った肉塊（にくかい）があるばかりだった。

「えっ!?　あっ!?　あのっ――――!?　だ、だいじょうぶなんですか!?　これっ!?」

「あー、大丈夫。大丈夫」

アルティアが蒼白になっている。

ブレイドは平然とそう言った。

これでようやく人型の第一形態が終わる程度。この業界の生物には、第二と第三と、その先なんかもあったりする。

『うふふふふー……、痛かったわよぉ……？　痛かったんだからあぁ……』

声ならぬ思念が、肉塊から響く。

「ほらな？」

「ひいっ！　ごめんなさいごめんなさい！　でも撃てって言われたからあ！　――これほんとに大丈夫なんですかっ!?」

「ああ大丈夫大丈夫」

「あっちじゃなくてこっちがぁ！　私のほうなんですけどぉぉ！」

『痛かったわよぉ……。ああ、もうすっごく、殺したい……』

「いやぁぁ――――！」

アルティアが真っ青になっている。

「そろそろ、いっくぞー？　ギア上がってるかー？」

『もちろんよ』『無論ですわ』

氷炎の魔神の4だか5だかブルーだかが、スタンばっている。鬼教官の地獄のしごきで、アップ時間は若干の短縮をみせていた。

クレイも、マザーちゃんからおでこに「ちゅっ」とされて、額に紋章を浮かべ、機関部からの莫大なエネルギーを引き出せるスーパークレイ状態になっている。

ソフィは五姉妹をその身に宿していた。

カシムは紋章を叩き起こして賢者顔の〝カシム様〟になる。

レナードは鏡面装甲の鎧を纏い、イオナは姉妹たちと融合して巨大な砲塔と化す。

イエシカもスーパー化して、オーバーブースト。

クレアは巨大化してクレア・マウンテン。

マリアはマオに交代するのではなく、二人が混ざりあったような初フォームを披露する。

イライザも理力(フォース)とかいう謎の力を全解放。


何十秒かかかって、準備が整う。

いつもなら、ギア上げるの遅えよ、と、文句の一つも言うところであるが、いまはまったく問題がない。


相手は動かずにじっと待ち受けている。

こちらはいくらでも時間を掛けられる。準備万端整えて、最大威力を叩き込めばいい。

てゆうか、防御力ゼロと、攻撃力マックスと、そのくらいの対比をつけないことには、そもそも攻撃が通らないのだ。ダメージがゼロだ。

ゼロのダメージを何発重ねても、ゼロはゼロなのである。


『うふふふ……、痛いわ……、痛いのよ……、妾(わらわ)、痛いのは嫌いなのよ……』

血しぶきをあげる肉塊が、ずくんずくんと脈動して、形を変えていく。

「よーし、第一形態、終わったなー。――第二形態になったら、いくからなー」

全員、準備は終わっている。

『痛いわー、痛いのー。でもほら？　ガマンできているでしょう？　ガマンできている妾(わらわ)、エライでしょう？　強いでしょう？　クーちゃん、ああ、クーちゃん！　ママ頑張るからぁ！』

肉塊の再生が終わった。

金色の鱗(うろこ)に覆(おお)われた小さな山ほどの偉容(いよう)が、露わになる。

ここからは上級クラスの面々の仕事である。

「破竜覆滅(ドラグバスター)――ッ！」

「憤怒炎氷獄(アスモフレイムブリザード)ッ！」

「魔王雷撃波(エルケーニヒ・ライトニング)ですっ！」

「理力改変(フォースリノベート)ォッ！」

「久遠の盾(エターナルプラトー)ッ！」

「神姫絶唱ッ！」

「ポジトロンバスターカノン！」

「六死顕現！」

「流星落下！」

「巨拳乱舞――ぅ！」

「神風滅槍！」

「ミギー、がんばです」

クレイ、アーネスト＋ルナリア、マリア＋マオ、イライザ、レナード、サラ、イオナ＋シスターズ、ソフィ＋シスターズ、イェシカ、クレア、カシム＋紋章族、ルーシア――の順に、新技が披露される。

リッチキングの言う「必殺技を通常技に落とす」が効果をあらわしたか、皆、これまでよりも威力の上がった新技である。

『あんぎゃーっ!?』

放蕩姫は、情けない悲鳴をあげた。

生まれたときより最強の座に君臨して、これまで常勝不敗。ダメージを食らうことなど滅多になく、当然、痛み耐性など皆無。

そこらの子供が、転んで膝小僧を擦り剝いた時より、豪快に泣いた。

『も、だめ……、コロス……、コロスわ……、ふふふふ……、くくくく！　ブッコロス！』

地の底から響くような怨嗟の声がする。

「おい！　おいおいおい！　大丈夫か！　大丈夫なのかこれっ！　本気に――本気になられたら！　オレら死ぬじゃん！　死んじまうじゃん！」

カシムが慌てている。

「クソザコダーリン、落ちつくです」

「ルーシアちゃん！　死ぬ前に最後にちっぱい揉ませてくれええ！」

「死んだらみんなでアンデッドで復活するです」

「いーやーだーっ!!」

「アンデッド、カワイイですよ?」

「アンデッドにはおっぱいもナニもないから、いーやーだー!!」

いや。カシムは通常運転だった。

「おー、殺しあいかー。それはまあいいんだけど」

黄金竜の美しい肉体は、ノーガードで皆の新必殺技を受けまくったおかげで、滅びつつあった。これで第二段階クリア。つぎは第三段階となるわけだが……。

ブレイドは、放蕩姫に言った。

「――クーが見てるぞ」

試練場の端っこから。柱の陰に隠れるようにして、顔を半分だけ覗(のぞ)かせて、クーがこちらを見ている。

『くく――⁉　クーちゃん！　違うの！　違うのこれは⁉　違うの⁉　ママ――ガマンしてるのよ⁉　コロしたいなー！　なんてゼンゼン思ってないんだから！』

「ママ……」

クーが、ぽそりとつぶやく。

『ちがうの！　ちがうの！　ほんとにちがうの！　コロしたいコロス、いますぐコロス！――なんて思ってないからあぁ‼』

ぼろぼろの身で必死に言いわけをする母親を、クーは見つめる。

『あああぁ‼　お願い！　お願い撃って！　はやく撃って！　破竜殲剣(ドラグアニヒレーター)でもなんでもいいからぁ！　ママのガマンを見せるのよおぉぉ‼』

いやさすがにアレ撃ったら死んじゃうだろ。

勇者力あるいは魔王力なしで、あれを受けられる存在は、この星にはいない。竜種の麒麟児(きりんじ)であっても、それは同じこと。

「ま……、ママを――！」

クーが叫ぶ。

「ママを――！　もういじめないでほしいのじゃーっ！」

目をつぶって、クーは叫んでいる。

「我はずっとママを見ていたのじゃ！　ママは立派だったのじゃ！　ガマンのできる強いドラゴンだったのじゃ！　だからもうイジメないでほしいのじゃーっ！」

「クーちゃん？　あのね？　私たちべつに、いじめていたわけじゃなくてね？」

アーネストが言いわけのために前に出るが――。

「クーちゃん！」

「ママーっ！」

飛び出した双方に巻き込まれて、くるくると回って、ばたりと倒れて目を回す。
二人——あるいは二匹は、親子の絆を確かめるように、ひしと抱き合っていた。
人の姿に戻った母親は、子の頭を優しくかき抱いた。
子は両手両足で、親にしっかりとしがみついた。

見ていた皆は、ほろりと、涙をもらす。
鼻をすすって誤魔化す者もいた。
裸のおっぱいに、ぶれることなくイヤらしい目を向ける者も、若干一名ほど、いた。

クーの頭を離した放蕩姫は、皆に向けて、にっこりと微笑んだ。

「じゃ、もう殺しちゃっていいわね」
「だめなのじゃー！　やめるのじゃー！」

クーが慌ててすがりつく。

「ママ！　ガマン！　ガマン！　ステイなのじゃー！」

「いやよー。だって、さっきあんなにボコられたんだもの。億万倍返しで挽肉にするのよー」

「だめなのじゃー！　だめなのじゃー！　やめるのじゃー！」

「やーよー。コロスのよー」

耳まで裂けた口が、ニタリ、と笑う。

「みんなはやく逃げるのじゃあぁぁ――っ！」

悲鳴とともに、皆は逃げ惑った。

調子こいてましたーっ！　すんませーん!!

第四話「ルーシアとカシムとクレアの関係」

○SCENE・Ⅰ「カシムと元親衛隊長」

「カシム！　カシム！　あれやりなさいよ！　あれ！」


午後の教練が終わったあとで、カシムは下級生の女子につかまっていた。

カシムは女子から嫌われていると思いきや、じつは意外とそうでもない。

以前、紋章に乗っ取られて「綺麗なカシム」だの「カシム様」だのになったとき、ファンクラブができていた。その残党がまだちょっと活動を続けている。

エッチなときのカシムは確かに蛇蝎のごとく嫌われているのだが、実技の時間など、真面目な顔のカシムであれば、目で追いかけている女子は少なからずいる。

ツインテールのこの娘も、そうしたうちの一人である。

「おまえさ――。頼みかたっつーもんがあるんじゃないの？」

元カシム様親衛隊の隊長――ベアトリスに、カシムは、ずいっと迫った。

「な、なによ？　か、カシムのくせに……」

壁際に追い詰められ、さらには、〝どん〟と手まで突かれて、ベアトリスはたじたじとなる。

「おまえが用があんのは、オレじゃなくて紋章のほうだろ？　〝カシム様〟とかいうほうだろ？」

「そうよ、その通りよ！　あ――、あんたなんかに興味なんてないんだから！」

叫びながらも、ベアトリスはちょっとドキドキ。マジメなときのカシムの顔は、すごくすごく〝カシム様〟に似ている。

「だったらお断りだね。紋章は二度と出すもんか」

カシムはそう言い捨てると、背を向けて歩きはじめた。

ベアトリスは胸元で手を合わせて、その後ろ姿を見つめていた。

胸がどきどき。心臓がばくばく。壁ドンよかったー。

「あ——でも！　ぱんつ見せてくれたらやってもいいんだけど？」

「ぶぅわかぁっ！　あほ——っ！」

「そのデカいおっぱい揉ましてくれたら一週間替わっててもいい！」

「しね！　ばか！」

○SCENE・II「カシムとクレアとルーシアと」

「もうっ……、カシム、だめだよう？」

食堂に向かう廊下で、柱の陰から出てきたクレアが、カシムの隣に並んでくる。

「……？　なんでオレいきなりダメ出しされてるの？」

「下級生の子、いじめてたでしょ」

「いやべつにいじめては――、むしろ絡まれてたのオレのほうで――」

「ぱんつ見せろとか言ってたんでしょ！」

「言ったけど」

「ばか」


ぎゅん、と、とげとげ鉄球が振られるので、ふいっと避ける。こと回避力において、カシムは学園トップクラスである。

回避力〝だけ〟であれば、超生物(ブレイド)にも並びうる。


「あーっ！　クレアだめです！　またダーリンをいじめてるです！」

とととと――っと、ルーシアが走ってきた。
フードの耳を揺らして猛抗議するのだが、そこには、小動物感と、かわいみしかない。

「ちがうよ？　いじめてないよ？　これはちょっと叱(しか)ってただけだから」

「鉄球制裁が、ちょっとかよ？」

避けなければ頭蓋骨が爆裂四散して、脳漿まき散らすぐらいの威力はあった。

食堂に入ってそれぞれに料理を取り、三人で同じテーブルについた。最近、三人は一緒に行動する。まえはブレイドたちと同じテーブルを囲んでいたが、人数が増えて手狭になってきたこともあって、カシムとルーシアとクレアで、別のテーブルに分かれる。

「そうだ！　ルーシアちゃん！　ぱんつ見せてくれー！　さっきヤなことあってさぁ」

軽い気持ちで、カシムは頼んだ。

いつもなら、「このゴミムシめが」とか言いながら見せてくれるルーシアなのだが、なぜか今日に限ってはぐずっている。

「う……、あの……、見せないと……、だめです？」

「え？　見せてくれないの？　……だめか？」

「だめ……じゃ、ないのですけど……、なんだか最近恥ずかしくて……」

「ルーシアちゃん！　それでいいんだよ！　それが普通だから！」

クレアが腰を上げて全力で肯定する。

「じゃ、ちっぱい揉ませて！　オレ大丈夫じゃないから！　なぐさめて！」

「そっちは……、もっと恥ずかしい……です」

ルーシアは顔を赤くさせて、フードを引き下ろす。

「恥ずかしがってるルーシアちゃんもイイ！　イイのだがッ！　——だがしかし！　オレはやっぱり！　ぱんつ見せてくれたりちっぱい揉ませてくれたりするルーシアちゃんが好きだ！」

「す、好き……。じゃ、じゃあ……、ちょっとだけですよ？」

「うひょおぉぉ——!!」

カシムは顔を崩して大喜び。

「また鼻の下伸ばしてる!!　バカカシム!!」

きつい声が掛けられる。

さっきのいま。そしてせっかくのパンツタイムを邪魔されて、カシムは不機嫌に振り返った。

「来たな親衛隊長。お帰りはあちらだ」

「親衛隊長じゃなくて！　名前呼びなさいよ！」

「なんだっけ？　名前？」

カシムはそう言った。

ほんと、記憶にない。この娘、おっぱいデカくて美人なのだが、目当てが〝カシム様〟だとわかりきっているので、名前とか、まったく興味がない。

「むきーッ！」

「あのっ、ベアトリスちゃん？　ベアトリスちゃん……、あまり怒らないでいてあげて。カシムはほら、アレだから」

「アレってなんだ？」

「はぁ……。クレア先輩の顔に免じて許すわ。アレだから仕方がないわね」

「なんでクレアには先輩ってつけて敬語なのに、オレは呼び捨てなんだ？」

「ダーリンはアレなのです。しかたないのです」

「だからアレってなーに？」

下級生の少女――ベアトリスも、自分の食事を持ってきて、テーブルの端に席を取る。

「はぁ……、はやくこれ、カシム様に戻らないかなぁ」

「オレのほうが本体なんだけど？」

カシムは料理をフォークでつっついた。そこでぴたりと手を止める。

右側にルーシア。左側はクレア。そして対面にはベアトリスがいる。

「はっ……!?」

そのこと、に気づいたカシムは、拳を握って、熱血した。

「いまオレ！　女の子三人とメシ食ってる！　よく考えてみたらすごくない！　オレ!?　いまモテてんのっ!?」

「これはそういうんじゃないからね、カシム」

「ぶわか」

「そうだよ。カシムがバカなことしないようにいるだけだもん」

「バカってなんだよ。具体的にどんなことだよ」

「え……、えっちなこととか？」

「えっちなことってなんだよ？　具体的になんだよ？」

「そ、それは……」


言葉に詰まったクレアは、ルーシアに目をやる。

その視線の意味がわからず、しばらく首をひねっていたルーシアだったが――。


「私は、三人でも……、四人でも？　べつにいいですケド」


自分。クレア。そして、さっきはじめて名前がわかったけれど、ベアトリスという彼女。

学園に来てから、よく、近くに踏みこんできてくれる人たちだ。皆と一緒にカシムといるのは心地よい。

「クレアは……、大好きですし。あとベアトリス……さん？　も、キライじゃ……ないです」

「おおお――！　オレ！　シェアされるの!?　されちゃうの!?　もちろんオッケー！　ウェルカムっ!!　三等分の花婿ッ！　だいかんげいっ！」

「そんなのだめだよ。へんだよう。……ね？　ベアトリスちゃん？」

「え？　バカカシムなんてどうでもいいけど。カシム様ならべつに構わないわ。あんな偉大な御方を独占するなんて大罪よ！」

「ええーっ……？　わたし少数派？」

「オレもYESだ！　カシム共有化法案に署名するぞ！　YES！　YES！　YES！　さぁ――YESが三人だ！　そしてNOはおまえ一人！　やーい、クレアー、おまえの負けー！　ざーこざーこ！　ざこ巨乳っ！」

「巨乳それ関係ないよね！」


カシムたちは大きな声で騒いだ。

○SCENE・Ⅲ「外野のブレイドたち」

騒ぐカシムたちの隣で、ブレイドたちは、黙々と食事を続けていた。今日もカツカレーがウマい。素晴らしくウマい。

「なー？　あれ、なにやってるんだ？」

「女の戦い？」

ブレイドが聞いて、アーネストが答える。

隣のテーブルに、カシムとルーシアとクレアと、あと下級クラスのベアトリスというツインテの子が四人で――、わちゃわちゃと、なんだか、にぎやかだ。

女の戦いって、なんだろう？

戦いというわりには、剣もメイスも持ち出していないが……？

あのベアトリスという子は、カシム親衛隊の元隊長だった子だ。魔法のほうはいまいちだが、長剣使いで、そちらの筋はいい。

破竜穿孔部隊（ドラグスマッシュ）の一人として、このあいだ放蕩姫（ほうとうき）に向けてぶっ放していたうちの一人だ。

度胸と思い切りがよいから、今後もぐんぐん伸びるだろう。

「女の戦いって、なにやる戦い？」

「ブレイドは知らなくていいの」

教えてくんない。

ルナリアとイエシカとマオとイオナとイライザと、最後にソフィが、こくこくと、うなずいている。マオはご丁寧にも三つ編みを編んでマリアに代わって、そのマリアもやっぱりうなずいている。

皆で結託している。


「じゃあ、あっちは？」


ブレイドは、別のテーブルを指した。

そこはクレイのテーブルだ。

サラと《ブリファイア》とマザーが、左右両隣と膝の上とを、がっちりと固めている。

「あれも女の戦いかしらね」

「そうなんだ」

さっぱり、わからん。

ブレイドは、とりあえず、カツカレーのおかわりを――。

間近で待ち受けているイオナとソフィのどちらに頼むべきか、それとも遠巻きに物欲しそうな顔を向けてきているアルティアに頼むべきか、しばし、悩む。


あぁー……、これは戦い？　なのかもしれない。

すこし理解できた気がする。ちょっと嬉しい。


「ほーら！　おまえマイノリティー！　ざーこざーこ！」

「ザコで結構です！　カシムのばか！　三人でどうぞお幸せに！」

向こうでは、クレアが、ばっちーんと、カシムを引っぱたいて、すたすたと歩き去っていくところだった。

「あれは、どーなったんだ？」

「あー、あれは破局かしらねー？」

そうか。破局なのか。

『もう知らない！　クレイのバカ！』

あっちでは、《ブリファイア》が叫んだかと思うと、すたすたと行ってしまうところだった。

「あっちも破局か」

「あれはどうせすぐに元鞘(もとさや)よ」

「元鞘なのか」

ブレイドは、腕を組んで考えこんだ。

どちらも同じに見えるのだが……。「もう知らない！」と叫んでいるのだが……。

うーむ、わからん。

○SCENE・Ⅳ「クレア」

「ねー、クレアー、もう復活したー？」

「……まだ。……もうすこし」

同室のルームメイトが、なんでもない風に、そう聞いてくれる。

精一杯、なんでもなさを装(よそお)った、その配慮(はいりょ)が、ありがたい。

ベッドに突っ伏したままのクレアは、足をばたばたさせながらも、ぐるぐると同じ考えをめぐらせていた。

あーもー！　なんでケンカなんかしちゃったかな！　それで捨て台詞(ぜりふ)が「お幸せに！」だとか！　なんでそんなこと言っちゃったかな！

――かなかなかな！

「もー、復活したー？」

「復活、する」

自分一人でぐるぐる考えていても仕方がない。

親友であるところのイェシカに相談しよう。そうしよう。


「ねぇイェシカ、わたし、どうしたらいいと思う？」

「そうねえ。傍から見てると、解決は、すごく簡単なのよねえ」

「えっ？　なに？　どうすればいいの？　どうしたら解決っ!?」

「二人に言ってやればいいのよ。〝わたしのカシムに手を出さないで!!〟って」

「ええーっ!!」


クレアは大声をあげた。


「そんなの無理だよう！　――ていうか！　カシムべつにわたしのじゃないしっ！」

「ありゃ？　独占欲はないのか」

「ねえイェシカ？　真面目にほんとにどうしたらいいの？　どうすればいいと思う？」

「そうねぇ」

イェシカは考えた。

単純なヤキモチでもなかったらしい。予定していた〝解答〟をあっちにのけて、イェシカは思案をめぐらせる。


「クレアはつまり……、自分のキモチがわからないでいるのよね？」

「うん。カシムとルーシアちゃんとか、カシムとベアトリスちゃんとかが、仲良くしているのを見ると……、なんだか――」

「――あれ仲良くしてる？　ゴミムシとかバカとか、あれけっこう本気で言ってるわよね。まあ距離が近いのは確かだけど」

「――で、仲良くしているのを見ると、なんだか落ち着かなくなるの」

「トゲトゲメイスで撲殺（ぼくさつ）したくなると」

「殴（なぐ）ってないよ！　殴ってないから！」

「いや普通にフルスイングしてるでしょーが。……あれ、カシムじゃなかったら、避けられずに当たって、脳漿（のうしょう）ぶちまけて、復元能力のお世話になってるところよ？」


まあ、直るんだけど。

「え？　あっ、そうか……、そうだよね。カシムだから……、つい……」

「そういう気が置けないところが、カシムのいいところなんだけど。……いわゆる〝好き〟とかいうのとは、違うのよね？」

「イェシカそれ前にも言ったよ？」


上目遣いになって、クレアは言ってくる。


「そうだったわね」

「距離感が普通の友達じゃないって……、そうも言われたよ？」

「まあ親友よね」

「そういうのとも……、すこし違う？」

「自分で考えて、わかってきた？」


イェシカに言われて、クレアはしばらく考えた。

ややあって、首を横に振る。

「……わかんないよぅ」

降参のポーズを取る。

「そう言うイェシカはどうなの？」
「おっとあたしに飛び火したぁ！　藪蛇だったぁ！」
「カシムがモテモテ？　になっていて、デレデレしてるの見て、なんにも思わないの？」

クレアは反撃に出た。まえにこの話題が出たとき、イェシカのカシムに対する態度がすこし変だった。彼女の言う「距離感」とやらが、他の友達とは、すこし違っていたような……？

「まー、カシムだし」

意外とさばけた口調で、イェシカは言った。

「どーせうまくいかないんだろうって、安定感あるし」
「それよりもちょっとムカついてんのが、クレイのほうよ。なによあの最近のイケメンムーブ？　ブリちゃんにサラちゃんにマザーちゃんまで」

「みんな子供だよ？」

「クレイのやつだって困るんだよねー、って顔してるし。あれ絶対女の子って意識してるわよ」

「……あれ？　イェシカってば……、クレイなの？」

「あたしのことはいいでしょぉぉ！」


イェシカが叫ぶ。なんだか〝あたり〟を引いた感触。クレアは瞬間的にエキサイトした。


「よくない。よくないよ？　きちんと話そ？　うん。聞くよ聞くよ。話して話して」

「まえ……、あんたがへんなこと言うから」

「へんなことって、なんだっけ？」

「クレイとカシムの二人と○○しないと出られない部屋に閉じ込められたら、究極、どっち選ぶ？　なんてクレアが言うから、考えちゃって――」

「○○の部屋ってのは言ってないけど――、○○ってなに？　――それでそれでっ？」

「あのときはカシムって答えたんだけど。それは拒絶されないって安心感があるからで……。でも、もしもビッチがオーケーだったら――って、そういう仮定で考えてみたのね」

「ふんふん！　それでそれで！」

「そしたらクレイもいい物件だったのよ」

「ぶっけん？」

「なんたって真面目だし誠実だし？　大事にしてくれそうじゃない？」

「でもクレイ浮気するよ？　きっとするよ。誰にでも真面目で誠実で、優柔不断だから、言い寄られたら断れないよ。きっとそうだよ」

「大丈夫！　あたしもするから！」

「最低だ！」


クレアは叫んだ。


「だって、あたしの本命は、ブレイドくんだもーん。クレイもカシムも仮定の話だもーん。ガールズトークの中だけの〝ＩＦ〟の話だもーん」

「イェシカ本気になっちゃだめーっ！」

「あんたも本気出せばいいんでしょーが」

「うっ……」


親友から痛いところをつかれる。

本気になっちゃだめと人には言いながら、自分はぜんぜん行動を起こしていない。

「——でさぁ？　考えたんだけど。あんたの気持ちを確かめる、いーい作戦があるのよぉ」

悪魔の囁きに耳を傾ける気分を覚えつつ、クレアは親友の話に耳を傾けた。

○SCENE・Ｖ「デートの申し込み」

「デート？」

「うん。こんどの日曜に。……だめかなっ？　かなかなっ？」

昼。食堂。皆のいるテーブルで。

クレアはブレイドに対して、その話を切り出した。

二人っきりのときでなくて、皆がいる前で言っているのは、クレアなりの良心だ。

イェシカの〝作戦〟というのは、「ブレイドくんとデートしてみれば？」——というものだった。

カシムへの気持ちを確かめるために、ブレイド君にデートを申し込むのだ。

なんだかとっても申し訳ない気持ちでいっぱいで、むしろ、「やだよ」とか断ってくれたほうが——などと思いつつ、クレアはブレイドに詰め寄っていた。

「だめかな？　だめかな？　かなかなかなかな？」

「クレア。セミみたいになってるわよ」

アーネストが言ってきた。——彼女の口ぶりには、特に怒っている様子はなかったが。

「ごめんなさい」

クレアは申し訳ない気持ちで、謝った。

「ダーリン？　クレアがへんです……？」

「べっつに。へんじゃねーよ」

ルーシアがカシムに言う。カシムはぶっきらぼうに、そっぽを向いて答えている。

「へんですよ。だってクレアはダーリンのことが――」

「――うちの学園の女子はな！　みーんな！　ブレイドが好きなのっ！」

カシムは強い声で言い切る。やけくそ気味に言い切った。

「俺も好きだぞー」

自分のことが話題に出たので、ブレイドはそう言ってみた。

うん。みんな好き。トモダチだ。

「私、好きじゃないですよ？」

「えっ……？　お……、俺、嫌われてた……？」

「あっいえ、好きです。でもそっちの好きは、こっちの好きじゃなくって……」

「あぁ……、よかったー」

ルーシアに嫌われていなくて、ブレイドは、ほっとした。

「ブレイド、あなたクレアとデートしてきたら？　日曜、ヒマでしょ？」

「おまえと稽古(けいこ)する話だったじゃん？」

「あっごめんなさい！　他の日でいいですっ！」

「私。用事ができたのよ。だからブレイドはヒマになった。——いいわね？」

「うん？　いいけど？」

言い出してきたアーネストが、やらないというなら、確かにヒマである。いま突然ヒマになった。

ブレイドは、クレアに向いた。

「じゃ、デートすっか」

「はいっ！」

すごい意気込みで、返事が返った。

○SCENE・Ⅵ「デート当日」

時計台の針が動き、ごーん、ごーんと鐘が鳴りはじめる。

それと同時に、ブレイドは行動を開始した。

「よし！　一〇〇〇――現地集合！　これよりデートを開始――」

「ブレイド君、それやめよ？」

メモを繰っていた手を、そっと包まれる。女の子の手の柔らかさに、ブレイドは、ちょっとどきりとした。

「これだめ？」

「ううん。だめじゃないけど。……今日は予定に縛られないで、あちこち歩きたい気分かな？」

「そうか気分なのか」

なら仕方がない。ブレイドはメモをぽいっとうっちゃって、かわりにクレアの手を握った。

「えっ、あっ、あのっ……、手っ」

「だいじょうぶだいじょうぶ。俺に任せて」

むずがるクレアの手を引いて、大通りを歩きはじめる。

ノープランでも、戸惑うことはない。

これでも、もう何度もデートをしてきている。ブレイドはデートの専門家（オーソリティー）なのだった。

「あ、勇者屋さんだー。勇者屋さーん！　こんど、家具移動させるの手伝ってよー！」

街を歩くと、あちこちから声が掛かる。ブレイドは手を振り返して、こんどなー、と叫ぶ。

「ゆうしゃやさん！　ミーちゃんたすけてくれてありがとう！」

子猫を抱いた女の子が笑顔を向けてくる。

「ブレイド君……、人気だね」

「そうか？」

声を掛けてくるのは、〝勇者屋〟の常連さんたちだ。

休みの日とか、暇なときに街に出て、噴水前で看板を首からぶら下げて立っている。

一回、一〇ミリCr（クレジット）。どんな雑用でも素早く解決する。それが勇者屋である。

最近だと街の別の区域に、別の勇者屋がいるのだとか。

〝なんでも屋〟の名称として〝勇者屋〟はすっかり定着してしまった。

「ちょっと、やってく？」

クレアが急にそう言う。

「家具の移動なら手伝えるよ。——わたし、力持ちだよ？」

そう言って、腕をかかげて、力こぶを作る真似（まね）をする。

ベンチプレスで五〇〇トンを上げていると、もっぱらの噂(うわさ)だ。

「でもデート中だしなー」

どうしよっか。

「ブレイド君と一緒に、ブレイド君がいつもしていること、やりたいなっ」

「じゃ、やるか」

「うん！」

おばちゃんに呼ばれて、洋服箪笥(ワードローブ)とベッドを動かす。細い腕の女の子が、ひょいと重量物を持ち上げるのを見て、おばちゃんはびっくりしていた。

勇者屋をやっていると、ほかにも声がかかる。その後も三件ほど仕事を片付けた。

「四〇ミリCr(クレジット)になったどー！」

「きゃ〜♪　どんどんぱふぱふ〜♪」

クレアと二人で喜んだ。

お店に入ってお茶を飲むにはぜんぜん足りないが、屋台で串焼きを買うには充分な額だ。

一本の串焼きを、二人で分け合う。

「はい。ブレイド君。あーん……」

「あーん」

肉ウマイ。自分で稼いだお金で買い食いするの、超ウマイ。

「けど、こんなんで良かったのか？」

ブレイドはそう聞いた。クレアはデートを楽しみにしていたっぽい。

「ブレイド君と、はじめてのデートだから……。なんでも楽しいよ？」

「はじめて？」

ブレイドは首を傾げた。

「いや、前にもクレアとデートしてるよ。ほら、〝休息〟とかゆーのを教えてもらったときにさ――」

女医から〝休息〟をとれと言われたが、ブレイドは休むということがよくわからず、相談してみたら、女の子たちが入れ替わり立ち替わりで「休息」の特訓に付き合ってくれた。

「いっぱい店に寄って買い物して、俺が荷物を山ほど持って、最後はバケップリンを食べるって――」

「あーっ！　あーっ！　あーっ！　あれはノーカン！　ノーカンだからっ！」

「そっか。あれは違うのか。なんか悪夢みたいだったし。こんなに楽しくなかったしな」

「あ、悪夢……」

クレアは過去の自分を、とげとげメイスで殴打（おうだ）したくなった。

「あ、最後の一個」

串に刺さった肉が、もう最後の一個。

「クレア食べるか」
「ブレイド君、食べていいよ」
「クレアが食べていいぞ」
「ブレイド君が」

二人で顔を見合わせて、笑い合う。

「じゃ半分こしよっか」

クレアは肉の最後の一個を口にくわえると――、目を閉じて、ん、と、ブレイドに顔を差し出した。

「ん。」

ブレイドは特に動じず、顔を近づけて、肉を噛（か）んだ。
うん。うまい。

○SCENE・Ⅶ「外野より」

「ちょ――いまのダメでしょアウトでしょ！　がるるるる」

「クレア……、おそろしい子。踏みこんでいくわねー」

「ええっ？　いまのえっちなんですか？　……はい。クーちゃん。んー」

「んー。なのじゃー」

アーネストがぎりぎりと歯噛みして、イェシカが感心し、サラとクーがお菓子を口にくわえて半分こしている。

建物の陰から見守る一同は、正気でないのが半分。まったく正気なのが半分。

中でも一番正気を失っているのが、カシムだった。

「く、クレア……、あっ、ちょっ、おま……、それはっ……!!」

指をくわえて、ガジガジと囓(かじ)っている。指がなくなりそう。

「だ、ダーリンっ……、ダーリンも、あーんってやりたいですかっ!? それともおっぱい揉むですかっ!?」

カシムのせいで、ルーシアまでおろおろとしている。

「あっ、ちょ――、オレ――、もうっ――」

カシムの目が、ぐりんとひっくり返る。

だがすぐに戻った。理知的な表情を浮かべて別人のように雰囲気が変わっている。

「誰です?」

「本体のストレス値が一定値に達した。肉体の制御を引き受ける」

「カシム様あぁ――っ♥!」

ベアトリスが飛びつく。数ヶ月ぶりの再会に感極まっている。

「だから誰です？　ダーリン返すです！」

敵意さえもにじませて、ルーシアは言う。

「案ずるな。余は敵ではない。本体の意識が戻れば交代する」

「替わらないで！　もうずっとこのままでいてください！」

ベアトリスはしがみついて離さない。二度と離すものかと気迫を見せる。

「なっさけないわねー。こんなんで気絶するなんて」

お菓子をばりぼりと食べながら、アーネストが言う。

「アンナ。アンナ。それお菓子じゃなくて、レンガだから」

アーネストが食べているのは、お菓子ではなかった。レンガだった。建物から引っこ抜いたレンガを、アーネストは、ばりぼりと歯で砕いている。

こちらもだいぶ正気ではない。

「くっ……、正妻よ。ずいぶんな余裕だと感心しておったら、なんだ、いっぱいいっぱいではないか。——なぜデートを許したのだ？」

「だってしょうがないじゃない。あんな決心した顔のクレアに、ダメなんて、とても言えないわよ。どんな鬼よ」

「さすが正妻よな」

「だからそれやめて」

「ねぇ？　あたしたちって、このまま見てるだけ？」

「ご休憩所？　——とかゆーところに入ろうとしたら、断固阻止するわよ。でもそれ以外なら非干渉。——そういうルールだから。いいわね？」

アーネストたちによる、穏やかな尾行と監視は、二人のデートが平穏無事に終わるまで続いた。

○SCENE・Ⅷ「クレアの決心」

夕焼けに染まる空を、鳥が数羽連れ立って横切っていく。

くわぁー、くわぁー、と、夕暮れを告げる音が響く。

風呂(テルマエ)の水平線を見つめつつ、クレアは、のんびりと湯に浸かっていた。

イェシカが太股(ふともも)で湯面を乱しつつ、やってきた。

クレアと背中合わせに腰を下ろしたイェシカは、ややあって、親友に聞く。


「――で、どうだった？」

「うん。……楽しかった」

「そっかー。よかったわね」


本日のデートをセッティングするために、水面下で苦労した。

カシム親衛隊を抑えるための裏工作あるいは懐柔(かいじゅう)工作。

正気をどんどん揮発(きはつ)させていくアーネストの介護。

ルーシアが〝カシム様〟に敵意剝(む)きだしでバトルになりかけたり、目を♡にさせてるベアトリスを引き剝(は)がしたり。

裏方は、あー疲れたー。

「やっぱり、わたし、ブレイド君が好きなんだと思う」

「うっわー、直球ね」

「うん。恋してるんだって、わかった。……やっぱり恋だった。違わないよ」

「じゃあ、カシムは？」

「あれは……、あれは……、うーん……なんだろう？」


片方は自覚しても、もう片方は、わからないらしい。

イエシカは助け船を出した。


「カシムのほうは、ほうっておけないカンジなんでしょ」

「あっ――そう！　そうだよ、そう！　イエシカすごい！」

「それってさぁ、〝弟〟に向けるキモチなんじゃないのかなぁ」

「……弟？」

「あたしね、このあいだ古巣に顔出したらさぁ、〝組織〟で一緒に育った弟的なやつが、恋人作って、いちゃいちゃしてんの。任務失敗こいて、その尻拭い（しりぬぐい）にあたしが駆り出されたんだけど、終わって寄ってみれば、自分は恋人とイチャついて、甘やかされて慰めてもらってるところだったの」

「あははは……、ご苦労様です」

「ちょっと半殺しにしちゃったわねー」

「ええっ!?　お、お手柔らかに――ねっ？」

「クレアもそういう感じなんじゃない？　ほら、あたしたち、小さい頃からつるんでたでしょ？　弟だか妹だか姉だか兄だか、誰がどれなのかは、わかんないけど。そんな感じだったじゃない？」

「イェシカはお姉ちゃんかな？　いちばんしっかりしてた」

「クレイとカシムは弟って感じよねー」

「たとえば、弟にべったりのお姉ちゃんがいたら、その弟にできたカノジョに、嫉妬の一つもするんじゃない？」

「べったりだったの？　嫉妬したのっ？」

「あ、あたしのこたぁ――いいのっ！　――だってさぁ、ちっちゃいころ、〝ボクおねえちゃんをおよめさんにもらうー！〟とか言ってたのよ。あの裏切り者め。あたしが上司になったら、どえらいとこに飛ばしてやる。覚悟しろよお」

「あ、あははは……、優しいお姉ちゃんでいてあげてね？」

「嫉妬はッ――確かにしたけどっ！　でもそういうのって……、〝恋〟とは違うじゃない？」

「うん。違うね」

クレアは、はっきりした声で、そう答えた。

紆余曲折はあったけど、自分の心が、ようやくわかった。

○SCENE・Ⅸ「ルーシアとカシムとクレアのカンケイ」

「ルーシアちゃん！　ぱんつ見せてくれえぇ――っ！」

いつもと同じく、カシムが叫ぶ。

「ダーリン――めっ、です！」

スカートの裾を押さえて、ルーシアが、めっとする。

「いやだあぁ！　もう三日も見てないんだあぁ！　オレはこのままじゃ！　〝おパンツ禁断症状〟で死んでしまううううぅ――!!」

最近、情緒が育ちつつあるルーシアは、「恥ずかしい」を会得した。

ぱんつもおっぱいも、容易には与えてくれない。

拝み倒して、額を地べたに擦りつけて、泣き落として、ようやくである。

カシムにはプライドはないので、土下座も拝み倒しも懇願も、まったく問題ではない。

はじめは「うわぁ」と引いていた周囲も、日々、繰り返されるうちに、日常の光景として受け止めるようになっていた。

誰も引かない。誰も気にしない。そもそも視線さえ向けない。意識にもかからない。

「見せて！　見せて見せて！　一生のお願いだからっ！」

「ダーリンの一生はいくつあるですか」

ため息をつきながらも、ルーシアはスカートの裾に手を掛けている。なんだかんだいって、惚れた弱みというやつである。

「だめ！　ルーシアちゃん、だめ！」

そこに割りこんでいったのが、クレアであった。

「カシムを甘やかしたらだめ！　見せなくていいよ！」

「なんだよ！　邪魔すんなよ！　じゃ、おまえが見せてくれんのかよ――!?」

「見せるわけないよね！　バカなのカシム？」

「ああバカだぞー！　オレはッ！　ぱんつ馬鹿一代！　ぱんつとおっぱいに人生を捧げた男！
それがオレだっ！」

「ダーリンはバカなのがいいのです」

「じゃ見せてくれる!?」

「ち……ちょっとだけですよ？」

「だめっ！　だめですっ！　お姉ちゃんは許しません！」

「いつおまえがオレのねーちゃんになったんだよ！」

「お姉ちゃんも一緒にぱんつ見せるです？」

「それはダメ絶対！」

「なんだよ見せてくれよ！　もうお姉ちゃんでいいから！」

「しっちゃかめっちゃかねぇ」

イェシカが隣にきて、ため息をついている。

「クレアって、カシムの姉ちゃんなの？」

ブレイドは、ふとした疑問を聞いてみた。

「お姉ちゃん的な……カンジ？　そういうところに落ち着いたみたいよ」

「ふぅん？」

姉なのか姉じゃないのか。どっちなん？

まあカシムもクレアも楽しそうで、幸せそうだから、それでいいか。

ブレイドは、そう思うのだった。

第五話　「まいっちんぐイライザ先生」

○SCENE・I「マッドサイエンティストとその助手と」

とある放課後。とある学園内の敷地の一角。

「ジェームズ氏――っ！　ジェームズーっ！　ったく。あの能なしの穀潰し。どこをほっつき歩いているんですか。どこでサボっていやがりますか」

イライザは助手であるジェームズを探して歩いていた。

仕事があるのに助手がいない。埋めなければならない実験シートが積み重なっているのに、奴隷――ではなくて、助手その1が見当たらない。

許されざる大罪である。

一日二十四時間働き、科学のためにその身を捧げるのが、マッドサイエンティスト業界における徒弟の在り方というものである。

というわけでイライザは、助手その2のカレンを部屋に残して、ジェームズを探して歩き回っているのであった。

「ジェームズ氏――っ！　もうっ、ばかーっ！　そんなことなら、もうホムンクルス作ってやりませんからねーっ！」

つい口癖で、そんな言葉が飛び出した。

自分で口にしてから、イライザは、そんな約束をしていたことを思い出す。

連続女性髪切り事件――。

その犯人として捕まった変質者は、そこそこの科学力を持つ技術者であった。その目的は理想の容姿を持つ少女型ホムンクルスの作成にある。女性の髪を収集していたのもそのためだ。

彼がバイブルとしていた魔導書は、デタラメもいいところのトンデモ本であり、ホムンクルスの製法はほとんどが間違いであった。たとえば原材料。女性の髪は五十キロ分も必要ではなく、ほんの百グラムもあれば充分だ。

イライザの科学力を持ってすれば、彼――ジェームズの理想とするホムンクルスを作ることなど造作もない。

と、そのように言いくるめて、いずれ作ってあげることを約束して、タダ働きをさせる都合の良い助手として、彼のことをこき使っていたわけだが。

その約束自体、忘れてた。

まあイライザが本気を出せば、ホムンクルス生成には、七日——いや十日もあれば充分なわけだが。

「ジェームズ氏ーっ！　ジェームズ氏——っ、と……」

探し歩いていたら、妙なところで、その姿を見つけた。

イライザは眼鏡を上げ下げして、試練場のグラウンドに目を凝らす。

「なんで、あれ……？　リッチキング教官と戦ってるんですか？」

○SCENE・II「運に見放された男」

『悪夢ノ鎌——ッ!!』

漆黒のエネルギー刃が、大鎌より放たれる。

リッチキング教官にとっては牽制技。学園の皆にとっては致命的な大技。

全力で必死になって、ようやく防ぐことのできるその技を——。

ジェームズは、白衣の裾をひらりと翻して——、ただ、素通りさせた。

牽制技を単なる牽制技として正しく取り扱い、裾を乱すだけで終わりにしてしまった。

「見せかけの技など、俺には効かん」

『ほう。おもしろい。技の〝本質〟を見抜いたか』

「貴様の技は、信じる者にとっては現実。だが俺の信ずるは物理法則のみ。よって俺を害すること能わず」

『くかかかか!　だが認識すれば現実となるぞ?　認識してなお否定するとは、なんという精神強度よ。——貴様?　名はなんという?』

「そんなことより、イライザ師をどこへやった?　戦いに応じれば教えると言ったのはおまえだが」

『儂に勝てたら返してやろう』

「なんだと？」


ちょっとちょっとちょっと。

なんですか？　私が人質にでもなってる体ですか？

騙っちゃってる教官も教官ですが。だまされてガチバトルに応じてるジェームズもジェームズですね。

おもしろいので、しばらく観覧席から見ていましょう。


『ここの生徒も、かなりのあたりであったが――、職員にも、かように面白い武人が紛れ込んでいたとは！』

「俺は武人でなければ職員でもない。科学者でありイライザ師の助手に過ぎない」

『貴様。武人でなくてその実力か。――かーっかっかっか！　面白い！　よし！　貴様！　儂が勝ったら弟子になれ！』

「言うことがころころと変わるやつだ。貴様の言葉は信用ならん。ぶちのめして、脳に直接聞くとしよう」

アンデッドでリッチだから、脳細胞、残ってないと思うんですけどね。

けどなんですかこれ？　なんだかカッコいい？　ハードボイルド？　とかいうんですか？

ジェームズのくせに。

「悪夢と精神攻撃がおまえの領分か。ならばこれだ」

ジェームズは、白衣の内側から試験管を取り出す。

右と左、それぞれの手に、数本ずつ。栓を飛ばしてその中身を周囲に振りまいた。

「マイノウスク粒子散布――。精神波を妨害した」

『ぬ？　……お？　貴様、面妖な技を使うな』

「面妖ではない。科学の力だ」

『なに！　飛び道具を封じられたなら、斬ればよいだけよ！』

滑るように音もなくリッチキングが迫る。

接近戦がはじまった。円弧を描く大鎌が、左から右から、そして頭上から襲いかかる。

だがジェームズはまるで動じず、素手でさばいている。掌で叩き、刃の軌跡をわずかに反らせることで、致命の一撃を防ぎ続けていた。

それがどれだけ難しいことなのか。リッチキング教官の前に立ったことのあるイライザにはわかった。上級クラスでもないのに毎度毎度訓練に駆り出され、武闘派でもないのに毎度毎度死線を潜らされ、そのおかげで――。

そのおかげで――!!

研究がちっとも進みやしない!!


斬り合いは何十合と続いた。リッチキングが始終攻め、ジェームズが攻撃をすべて完封する。

『む？　貴様？　なぜミスをしない？　確率操作が効いてないのか？』

「あらゆる幸運は俺に向かず、あらゆる好意は俺に向けられることはない。すべてが裏目に出る前提で、俺はすべての行動を決定している。〝世界〟が俺に押しつける、あらゆる〝不運〟に対しての〝備え〟がある。確率がどうした？　最悪の結果が出てなお現実を確定させる準備をしておくだけのことだ」

体中に巻いた包帯が、細身の体を強制的に駆動させ、リッチキングの攻撃を撃墜し続ける。

包帯男のジェームズが、全身に巻いている包帯は、あれは単なる包帯ではない。『自立稼働型布状防御兵装』――帯の形状のパワードスーツなのだった。

ジェームズは常に武装している。世界が彼に押しつける、あらゆる不運をはねのける用意がある。

「やっちまえ――っ！　ジェームズ氏――っ！」

イライザは思わず声を出して応援していた。

研究時間を奪う悪しき存在を、けちょんけちょんにしてやったんさい！

「む？　イライザ師……？」

ジェームズが手を止めて、イライザを見た。

「あっ。やば――！　避け――!?」

大鎌の一撃が、ジェームズの顔に入った。

——と思ったが、かすめただけだった。ギリギリで躱(かわ)していて、顔の包帯が切り裂かれただけである。

「ああ……、よかった……」

イライザは、ほうっと息を吐き出した。

「なんだ。イライザ師。——そこにいるではないか。つまり偽情報か」

ジェームズが、リッチキングを見る。

『おい。儂との勝負の途中ぞ？』

「続ける理由がこちらにない。それに嘘をつく者との取引ほど無益なものはない」

『儂に勝てたら教えてやると、そう言ったろう？　——ほれそこにおると』

「なるほど。嘘……ではないな。誤誘導にかかったこちらのミスだ。失敬(しっけい)した」

『かかかか！　儂と戦いたくばここに来い。貴様ならいつでも死合(しあ)ってやろうぞ』

「さあイライザ師。研究室に戻ろう。探していたぞ」

「さ、探していたのは……、こ、こちらですよっ！」

声を上ずらせ気味にして、イライザは叫んだ。

顔の包帯が解けてしまっている。無駄にイケメンなその素顔がのぞけてしまっている。

対決を見ていた観衆(ギャラリー)のうち、おもに女子たちが――ジェームズの素顔に、きゃあ、と、黄色い声をあげている。

なんかムカつく。騒ぐなメスガキども。

「実験は終わっているが。三五七から四五三まで。結果はレポートにまとめてあるぞ？　精査してもらわねば先に進めん」

「え？　あれもう終わってたんですか？」

いつ終わるんだコノヤロウ――と叱(しか)りつけるために、ジェームズを探していたのだけど。

叱る理由がなくなってしまい、イライザはジェームズと連れ立って、研究室に戻った。

○SCENE・Ⅲ「ジェームズのモテ期」

数日が経って――。

昼食には遅く、夕食にはすこし早い、午後四時の食堂――。

イライザはジェームズと二人、差し向かいで、時間はずれの食事を採っていた。

これが昼食なのか、はたまた夕食なのか、本人たちにとっても定かではない。研究が一段落して、体の動きが鈍くなるほどのエネルギー不足を感じたので、補給しにきただけである。

イライザはこの学園において、大抵の時間、研究に没頭している。

学科と授業はすべてパスだ。この天才に、いまさら教わることなどなにもない。実技教練には引っぱり出されることもあるが、魔法関係でなければこれだってパスだ。

剣技の類(たぐい)など、どうせ一般人並み。鍛えたところでたかがしれている。

「あ、先輩、こちらでしたか」

黒髪メガネの理知的な少女――カレンに見つけられる。

彼女は下級クラスで、魔法少女隊の五人のうちの一人。イライザ推しということで、弟子に取ってやったら、天に舞い上がるほど喜んでいた。

イライザ的には奴隷（どれい）——ではなく、便利に使える助手2号がゲットできて嬉しい。二十四時間使えるジェームズとは違い、放課後だけなのが残念ではあるが。

「ちょうどよかった。……カレン。あのうるさいのを、どうにかしてきてくれませんか」

面倒くさそうに、イライザは言う。

食堂のべつのテーブルから、遠巻きに、ちらちらとこちらを見てくる者たちがいるのだ。

この時間、本来であれば、食堂はがらがらのはず。なのに十数人近くがなぜか席を取っている。

「ジェームズさん、人気ですからね」

眼鏡（めがね）の下の目が笑う。

ちら見してくる十数人は、すべてが下級クラスの女子ばかり。こしょこしょと話しあって、たまに、きゃーとか超音波を発している。

徹夜明けの神経に、ひどく堪える。

「うるさいですよ！　メスガキども！　こいつはうちの奴隷――じゃなくて助手だ！　チラ見してくんな！　改造すっぞ！」

ついに我慢が切れて、イライザは席を蹴って立ち上がった。
あたりは一瞬、静まりかえった。
だがそれもわずか数秒のこと。

（きゃーきゃー！　自分のモノ宣言よっ！）
（イライザちゃん大胆っ！　きゃあぁぁ――!!）

ちゃんとかゆーな。改造するぞ。まじで？
イライザは疲れた顔で諦めた。年頃の女子になにを言っても無駄と悟る。それは物理法則に近いナニカである。

「ジェームズさん、イケメンですからね」

カレンが言う。眼鏡の奥で目がやはり笑っている。

「さっさと包帯巻け。隠せそれ」

「品切れだ。このあいだの戦闘でずいぶん消費させられたからな」

ジェームズが言う。

ぶっきらぼうな物言いも、なんだか似合う。渋いカンジがする。

年頃の女子にモテまくっているというのに、歯牙にも掛けない。カシムみたいに鼻の下を伸ばすこともなく、うっひょーと有頂天になったりもしない。そこがまたムカつく。余裕か。

「ジェームズさんくらいの大人の男性だと、あのあたりの少女は子供ですか」

ちょうど思っていたことを、カレンが代弁する。

「いや……。現実の女に興味がないだけだ」

「現実?」

「現実の女は信用ならん。必ず俺を裏切る」

「えっと……？」

「私も女っすけどね」


ぼそっとイライザは口にした。

助手1号の人間不信――女性不信は知っている。人間の女性が信じられないがために、ホムンクルスの女性を作ろうとしていたことも。

「イライザ氏は信用している。約束を守ってくれるからな」

ジェームズは笑顔を浮かべた。

ビームが発生しそうなほどの、イケメンスマイルだ。

きゃー！　と、食堂のあちこちで悲鳴があがる。

イライザは、だらだらと汗を流していた。

やっべー。やっべー。

忘れてたもんねー。何日か前まで、すっかり忘れてたもんねー。

でも思い出したから……、せ、セーフ？


「約束……？　なんです？　それ？」

カレンが聞く。しぶしぶイライザは説明する。


「契約したんですよ。こいつが作れなかったホムンクルスを、この天才であるイライザ・マクスウェルがかわりに作ってやるって。そのかわり奴隷奉公しろという契約です」

「あ、言っちゃうんですねそれ。奴隷って」

「ホノカとマドカを作ってくれるなら、奴隷にでもなんにでもなろう。元より科学の奴隷だ。イライザ師の元で学べることはとても多い」

「あっそれ私も本当に思います。先輩の下で学べて幸せです」

「えっと、あっ、はい。……ども」


素直な賞賛を向けられて、イライザはどぎまぎする。

「あの話、まだ生きてたんだ」

学園の女帝アーネストを先頭に、どやどやと——訓練明けの腹ぺこ連中が入ってくる。ぐずぐずしていたので、リア充どもの食事タイムに入ってしまっていたようだ。

「あ、あの話……って、な、なんですかね？　べつに私らなんにも話していませんが」

「さっきのって、あの話でしょ？　えーと、なんだっけ？　なにか作ってあげるって話。……なに作るんだっけ？」

アーネストたちも、ジェームズが〝丸刈りジェームズ事件〟の関係者である。忘れ去っていればよかったのに、うっすらと覚えてやがる。

「なんだっけ？　誰か覚えてるひとー？」

クイズにすんな。手を挙げるな。人をネタにして遊ぶな。

「はい！　カツカレー！」

「はいブレイド不正解」

「ええっと……？　なんかえっちなお願いだったような？」

「クレア近い。近いかも。……なんかそんなのだったわね」

「しようもない理由だったことだけは覚えているわ」

「あははー、あまりにくだらなすぎて覚えたくなかった気がする」


クレア、ソフィ、イェシカ——関係者一同が、証言する。


「私のハイスペックな記憶能力をもってすれば正解を出すことは容易いですが。皆さん、もうよろしいですか？」

「はいはい。みんな降参。——正解って、なんだっけ？」

「ホムンクルスの製造を依頼していました。個体名はホノカとマドカ」

「それ名前必要？」

「当然だとも！　マドカは俺の理想とするプロポーションを持つ完璧な少女である！　そしてホノカは幼さの中にバブみを備えた理想の幼女である！」

「いま幼女っつーたか？」

アーネストが低い声で問い返す。

「ホノカの仕様は、体重三八キロ、バスト七〇ウエスト五二ヒップ七二である！」

「うっわ。きもっ。スリーサイズの数字とか、男ってそういうの好きよねぇ」

「オレはエロければなんでもありだ！」

「ふっ……、マイロード。僕が体型などで女性を差別するとでも？」

「あまり考えないようにしてる……かな」

「ん？　これ俺も聞かれてる？　――なんでもいいんじゃないの？」

「全世界の男子ごめん。こいつだけだったわ」

「――そしてマドカは七色のショートヘアが似合う可憐な少女なのだ。俺に従順かつ優しく、そして俺を絶対に裏切らない！　理想の幼女なのだっ！」

ジェームズが大声で熱弁を振るい続ける。

チラ見してきていた下級生の女子たちが、ささーっと散っていった。

どれだけイケメンでも、許容できないラインがある。ジェームズはそこを大幅に越えた。

「でもその数字だと幼女ってほどでもないわね。サラちゃんくらい？」

「アーネストお姉さん！　私を引き合いに出さないでっ！　目からビームがっ！　ぎぬろが出ちゃいます！」

「きもいってさ」

「こいつがキモいのは昔からです。元変質者ですので」

「イライザ師。世俗との関わりを絶つのがマッドサイエンティストの在り方ぞ」

「そういやこんなんでも、イライザの弟子なのよね」


アーネストはそう言った。

自分も弟子を持っているので、思うところがある。

魔獣の赤魔狼（ウルフ）とか、魔法少女隊のド根性娘のミランダとか。

弟子に対する責任だとか。師匠（ししょう）としての自負であるとか。


「不肖（ふしょう）の弟子ですよ」

「じゃあ作ってあげるんだ。その……、マドカ？　とか。ホノカ？　とかいうの」

「え？」

イライザは真顔で聞き返す。


「え？　……って、なに、あなた？　作ってあげないつもりだったの？」

「いやっ、そんなことはぁ……」

「俺はイライザ師を信頼している。基礎研究には時間がかかるものなのだ。だがイライザ師の天才をもってすれば決して不可能ではないと結論する」

　なぜだかジェームズが擁護（ようご）に入る。信頼が重い。信頼が痛い。

「いや能力面じゃなくてね……、イライザ、こっち見なさい」

「いやー……、そのぉ……」

　そっぽを向いていたイライザの顔を、アーネストは、ぐいっとねじって、自分に向けさせる。イライザの目を覗（のぞ）きこむ。泳ぎまくっている、その目に——。

「あっきれた。作るつもりなんて、なかったんだ」

「いやちがうんです。これはちがうんです。そんなことはなくて……、ですね？　ねえ聞いてくれます？」

「ジェームズ。あなた騙されていたのよ」

「いや。それはない」

アーネストが言うが、ジェームズは否定する。

「あのぅ？　ジェームズさん。騙されていたんですよぅ」

「だから違うといっている」

クレアも言うが、それもジェームズは一蹴する。

「もお気づきなさいってー」

「貴様。イライザ師を侮辱するか」

ジェームズが、怒気を放つ。

「イライザ師。――こんなことを言っているが。決闘で汚名を晴らす許可をくれ」

「いやいやいや！　決闘なんてしなくていいです！」

　ジェームズは、さっき試練場で、リッチキング教官と五分に張り合っていた。つまり英雄級にも迫る実力があるということ。上級クラスの面々は、変身して奥義まで使っても、なお、準英雄級どまり。

　見れば、女子たち一同は、揃って、髪の毛を押さえている。

　昔、変質者として出会ったときに、丸刈りにされかけたことを思い出しているのか。

　皆が非難する目をイライザに向ける。

　こんなに信頼されてんのに、あんた、なにやってんの？　――と、突き刺さるような視線を浴びせかけられる。

　針のむしろに、イライザは小さくなる。

「ま。無理なんだったら、しょうがないわよね。いくら天才っていったって、人間そっくりの人造生物なんて、作れないわよねぇ」

「できますよ！　なに言ってんですか！　この天才にできないことなんて！　あるわけがない

ですよ！」

「よかった。じゃあ作ってあげるのね？」

「えっ……？」

イライザは言葉に詰まって、周囲を見回した。

ここで、やっぱやめます——とは、ちょっと言い出せない雰囲気？

「わかりましたぁ！　作ります！　作りますよ！　ええ！　このイライザ・マクスウェルの頭脳をもってすれば！　簡単なことですよ！　一週間もあれば充分ですね！」

あっ。十日って言っておけばよかった……。

もう遅い。

○SCENE・Ⅳ「イライザ研究室」

昼夜問わず続けられる突貫作業も、佳境にさしかかっていた。

ぐつぐつと煮立つ大鍋を、棒でかき回している。

まるで魔女の姿であるが、これは科学。いま大鍋の中では、すべての原材料が渾然一体となり、ナノテクが、いーいかんじに醸しているところ。

「イライザ師、な、なにかできることはないか？」

「ありませんねー」

「で、では肩でも揉もう。徹夜続きで疲れているだろう？」

「いま手元が狂ったら、一巻の終わりですが」

「な、なら食事でも用意しようか？」

「ゾーンに入っているから食欲なんてありませんし。コーヒーも五リットルほどストックがありますし」

「そ、それなら――」

「あーもー邪魔だから出ていってください」

「はい」

あれこれと騒がしいジェームズを、研究室から追い出す。

念願のホムンクルスの誕生を目前にして、すっかり挙動不審になっている。

材料集めの段階では、ジェームズにも手伝える作業があった。

たとえば女性の髪の毛、一〇〇グラム分の入手とか――。

たった一〇〇グラムと侮(あなど)るなかれ。それはおよそ三〇～四〇センチの長さに相当する。

はじめはイライザが自分で提供しようと考えていたのだが、坊主頭(ぼうずあたま)にしないと足りそうにない。よって、その案は却下(きゃっか)。

誰かに提供を求めるにしても、ロングヘアをばっさり切らねばならなくなる。

例の、即席にわかのメスガキども――もとい、ジェームズのファンの方々に、素顔のジェームズが丁重にお願いしにいって、毛先を揃える程度のカットを十数人分――。

毛髪一〇〇グラムが、ようやく集まった。

あとの材料は、簡単なもので――。CとHとOとN。ありふれた元素だ。木炭が九キロに水が四五リットル。堆肥(たいひ)が一袋。人体の材料は、元素換算にすれば、意外と安い。

「あー、なんで私は、こんなことしてるんですかねー」

ぐるぐると大鍋をかき回しながら、イライザはぼやいた。

ジェームズがホムンクルスを欲しがるのは、恋人にするためだ。絶対に裏切らない理想の恋人を得るためだ。


なんでそんなことに協力しているんだか。

まったく面白くない。なんだかむしゃくしゃする。

生身の女は信じられない？　イライザ師は信頼してるって、ゆーたじゃんか。おまえ、ゆーたじゃんか。

理想のホムンクルスなんて追い求めなくたって、信頼できる相手なら、もういるじゃんか。


だから絶対作りたくなかったんだ。

売り言葉に買い言葉で、天才を証明するコトになってしまった。女帝（エンプレス）にはめられた。


それにしても、ね、眠い……。

数十分以上のまとまった睡眠をとったのは、何十時間前だったか。

見栄を張らずに十日間と言っておけばよかった……。

そしたら毎日八時間も寝れたのに……。

とはいえ、この天才イライザ・マクスウェルが宣言したのだ。納期は絶対に守らねばならない。天才の名にかけて。

こっくり、こっくり、うつら、うつら……。

……はっ！

いかんいかん。

いま寝ていた。ちゃんとかき回さないと、鍋のなかのナノマシンがむらになる。

大鍋には必要な材料をぶっこみ、渾然一体になるまで煮溶かしてある。「女性の毛髪一〇〇グラム」も、材料のうちのひとつだ。

「培養（ばいよう）という手法も確実性が高くていいんですけど。何ヶ月も時間が掛かりますからねー。その点、ナノマシン熟成は万能です。熟練の技が必要で、手が離せませんが」

鍋をぐるぐるとかき回す。

いまはまだ、材料のすべてが溶け込んだ流動体に過ぎないが――。最終工程まで完成させた瞬間、最後のほんの数秒間で、人体が生成される。これはそうした種類の〝科学〟である。

決して錬金術でも魔女の大鍋でもない。


いまがちょうど最終工程。

ここが大事……。ここここそが肝心要（かんじんかなめ）……。もしここで、異物など混入すれば、すべてが台無しに……。

ぐう……。


「——はっ!?」


イライザは目を覚ました。棒を握りしめている。手が止まっていたのは何秒か何分なのか!?

鍋は無事か!?

焦りまくったイライザだったが、ふと——自分の口元から、だらー、と、よだれが垂れていることに気づいた。

よだれは、だいぶ前から、大鍋の中に流れ込んでいるようだった。——大量に。

「あああああ――――っ⁉　異物混入うぅ――――っっ⁉」

　イライザの絶叫が、研究室にあがった。

○SCENE・V「ホムンクルスのお披露目」

「なんだこれ？　なんでみんな集まってんの？」

「イライザの作ってた……ほむん、なんとか？　それのお披露目みたいよ」

「あー、なんかまえにそんなこと言ってたなー」


　ブレイドはアーネストと連れ立って、人だかりに向かっていった。


　敷地の一角にほかから隔離された小屋がある。イライザの研究室だ。そこに人だかりができている。

　七日前だったっけ？　そんな話をしていたのは。たぶん今日がその完成日。

　イライザが「できなかったら腹を切ります」とか豪語していたので、きっと、できているのだろう。

そわそわと、ジェームズが立っている。研究室のドアは、まだ閉ざされたまま。

「どんなんが、できるんだっけ？」

「さぁ？　カガクーーっていうのはよく知らないけど。動いて喋る、体重五〇キロとか、体重三八キロとかの、美少女になるらしいわよ？」

「イオナみたいなやつ？」

「ままま――マスター!?　そんないやですよもうっ!?　美少女だなんて!?　もっと言ってください!?　マスター！　ハァハァ！」

「――こういうのだったら、イヤだよなー」

そんなことを話しながら待っていると、やがて、研究室のドアが薄く開いた。

細い隙間の向こうから、誰かがこちらを覗いている。

（あっ。なんかいるわよ）

アーネストが言う。なんとなく小声になる。

「マドカ！　出てきてくれないか！　マドカ！　いるんだろう！　そこに！」

辛抱しきれずに、ジェームズが叫ぶ。

その声に応じたか、ドアを開けて何者かが姿を現す。

飾り気のない白いワンピースに身を包んだ、小柄な少女だった。七色の混じった不思議な色の髪をしている。

「ワタシハ、ホノカ、デス。――マイマスター？」

「そうだ！　俺がマスターだ！　……だが仕様書ではマドカを作るはずだが？」

「原料、フソク、デス」

「なるほど。それで体重の軽いホノカのほうに仕様変更したのだな。――構わない。俺はホノカもマドカも愛している」

「ホノカ、ハ、合格、デスカ？　――マイマスター？」

「合格だっ！　申し分ないっ！　ああっ――俺はなんという幸せ者なのだっ！　理想の恋人をついに得ることができたぞおぉぉ！」

○SCENE・Ⅵ「ホノカの中の人」

あああああ。なにやってんだ私はあぁぁ——!?

ホムンクルス生成は失敗した。ヨダレという異物の混入した大鍋の中身は、謎の物体Xと化してしまった。

不気味に蠢くその物体が、なんなのか検証などは後回し。

直近における最大の問題は、納期だった。

作り直していては、もう七日かかる。

だが大見得を切ってしまった。納期に間に合わなかったら、天才の看板を下ろさねばならない。それだけは絶対に避けねばならない。

気がつけば、イライザは、ウィッグをかぶって、ジェームズのまえに立っていたのだった。

「マドカ」の体重は五〇キロだが、「ホノカ」であれば体重は三八キロ。

つまり、自分と同じ。

なんとか、今日のお披露目をやり過ごせばいいのだ。

そのあとは、不調が出たとか適当に言い繕って誤魔化す。もう七日間ほど時間を手に入れれば、作り直した「ホノカ」を提出できる。


「ホノカ！　ホノカぁ！　――愛しているぞ！」

あー、はい。さいですか。


しかし意外とバレないものである。ジェームズは完全にホノカだと信じこんでいる。

観衆のなかの何人かには怪しまれている。特にイェシカあたりには――あの目は完全にバレている感じだ。

だがジェームズさえ騙せればそれでいい。いまこのお披露目さえ騙し通せば――。


「どうしたホノカ？　俺を愛してくれないのか？」

「アッ、ハイ。アイシテイマス。――マイマスター」

「そうか！　そうかあぁぁ――っ！　俺を愛してくれる女がいた！　ここにいた！　俺は世界

に対していまこそ言うぞ！　──ざまあみろ！」

あー、さいですか。非モテ男の慟哭ですね。

てかなんでこいつ、そんなにモテないんですかね？　顔はいいのに。実力も能力もあるのに。

言動がダメだからか？

カシムがなぜか貰い泣きをしている。ガン泣きだ。

非モテ同士、感情移入しているっぽい。

「ではホノカ！　いざ行かん！」

「きゃっ──、ドウシマシタ？　マイマスター？」

急にお姫様抱っこをされて、思わず悲鳴が出た。

ホノカ＝イライザは、抱き上げられて、間近にきたジェームズの顔を見る。

ほんと。無駄にイケメン……。

「さあ！　行こう！　愛の巣へ──」

アイノス？　――なんですかそれ？

お姫様抱っこをしたまま運ばれていく。

蹴破（けやぶ）るようにして研究室のドアを開け、どすどすと足音を立てて向かう先は――。

仮眠室だった。

万年床の乱れたシーツの上に、優しく横たえられる。

「アノ……？　マイマスター？」

まさか。

「さあ俺と愛を確かめ合おう！」

まさかまさかまさか。

まずはデートとかなのでは？

美味しい物を食べたり、街を歩いたり、そういう手順を踏むのでは？

そういうのなら、この姿でなら、すこしは付き合ってあげても――。

「俺の純潔を――ホノカ！　君に捧げるっ!!」

「いりませんよおぉ――!!」

あふれ出た理力で、覆い被さってくるジェームズをぶっ飛ばす。ぶん殴る。

壁が吹き飛び、天井が竜巻に吸い上げられる。

研究所は半壊した。

○SCENE・Ⅶ「イライザと助手」

「なぁ、イライザ師――、どうか機嫌を直してくれないだろうか」

「べつに怒ってなどいませんし。不機嫌でもありませんし」

昼の食堂。

プレートの上の料理をフォークの先端でいじめ殺しながら、イライザはそう言った。

つーんと、そっぽを向いている。ここ数日、いっぺんも目を合わせていない。やるもんか。

「何度も謝っているだろう。せっかく作ってくれたホムンクルスを失ってしまったことは。だがまさか爆発するとは思わなかったんだ」

「なんか無茶なことでもしたんじゃないですか」

「まだしていなかった。本当だ」

まだ——ですか。やっぱりするつもりだったんですね。ギルティですね。

あの一件は、ホムンクルスに不良が出て、爆発してしまった。……ということになった。研究所も半壊して、再建中である。

「なんですか?」

隣のテーブルからの視線に、イライザはそう問いかけた。

「べっつにー、なーんでもないでーす」

イェシカがおどけた声でそう言ってくる。

あの一件の真相に気づいていた者は、割といたようだ。ありがたいことに、誰もバラす気はないらしい。情けが身に染みる。

「だけどもうっ、ジェームズってば、最愛の……なんだったたっけ？」

「ホノカだったと思うぞ」

ブレイドがアーネストに答えている。

「そう。ホノカちゃんが爆発四散したっていうのに、なんだかあっさりしてるのね。ないの？

——喪に服すとか」

「また作ってもらえばよいからな」

物扱いですか。そうですか。

そういうところですよ！　わかってますか！

「作りませんよ。もう絶対に」

「なぜだ！　イライザ師！　あれは不良だったのだ！　だからもう一度作ってくれても――」

「それがわからないから、だめなんですよ」

「なにがいけないというんだーっ！」


強いて言うなら、女心がわかっていないというところですかね。


約束は果たしました。

もう一度は作ったわけだし。二度作ってあげるという約束はしていないわけだし。

物体Xは、ガラスチューブのなかで、うにょうにょと動いている。現在調整中。混入した異物の影響を取り除けば、本来の姿を取り戻すはず。

あれ、どうしましょうかねー……？


「うわあぁぁ――っ！　ホノカー！　マドカー！」

頭をかきむしるジェームズに、舌をぺろりと出しながら、イライザは物思いに耽るのだった。

第六話　「女医さんの青春」

○SCENE・Ⅰ「女医さんの日常」

「はい。いつもと変わりないわね」

いつもの医務室。いつもの定期検診。

ぺしんと尻を叩かれて、ブレイドは検査から解放された。

「今回は、何パーセントだったんだ？」

ブレイドは聞いた。いつもなら数字を聞かされるのだが、今日は言ってもらえない。

「それ、最近は意味ないいんじゃないかって思いはじめているところなの」

ゴム手袋を外しながら、女医は言う。


「ん？」

「あなた全盛期よりも強くなっているでしょう？　――数字的には四パーセントのままだけど」

「そうなん？」

「そうよ。勇者力は別だけど。通常戦闘だけなら、魔王を倒したときの全盛期のあなたを完封できるはずよ」

「そうかも」

「出力じゃないなら……、エネルギーの質なのかしらね？」


ブレイド自身にも、ちょっと自覚はあった。

すくなくとも、以前は、瞬間・破竜殲剣とか、撃てなかったわけだし……。

いまなら、かつてはまるで見えなかった、六の太刀以降にも手が届くのかも？

名前も忘れられ、撃てる者もいまではいない、六の太刀――。

そして破竜の技を生み出した始祖のみが撃てたという、七の太刀――。


「男のコの顔してる」

「うん？」

「はいはい。帰りなさい。男のコは、女のコのとこに行ったんさい」

女医に送り出される。

しかしどういう意味だろう？

たしかに食堂で待つ面々は、クレイとカシムとレナード以外は、全員、女だけど。

ブレイドは医務室を出ると、駆けだした。

まだ昼食に間に合う。カツカレー。残っているといいな。

◇

ブレイドを送り出してから、女医は、はぁとため息をついた。

若い子たちを見ていると、たまに、まぶしくて、うらやましく感じてしまうときがある。

自分は過ごせなかった青春を謳歌（おうか）しているその様に――。

彼は間に合った。

いま青春を取り戻している。それで良いとしよう。

そう諦めて仕事に戻った女医は、書類受けのなかに、一通の見慣れぬ書類があることに気がついた。マニキュアで整えた指先で、爪弾いて、開いてみると――。

「あら？　これなんの通達？　――えっ？　『貴官の申請は受理されました』ですって？　なにか申請していたかしら？」

○SCENE・II「国王陛下」

「国王陛下。――これはなんの冗談ですか？」

書類を手に、女医は学長室に乗り込んでいた。

「なにかね？　どうしたのかね？　美人が柳眉を逆立てるのは良いものであるがね」

「とぼけないでください。こんな昔の、十年も前の申請。なんでいまさら通ってるんですか」

女医は書類を振った。

「ああ。それかね。このあいだ未処理の書類の山が発見されてね。形式通り、規定通り、しかるべき処理をしたに過ぎないよ。君が提出していた申請書も、適正なる審査の結果、受理されたというわけだ。おめでとう」

「うれしくありません！　いまさら――！　いまさらこんなのっ、困ります！」

「まあまあ。そんな君にプレゼントを用意したのだ。――セイレーン。渡してくれたまえ」

セイレーン宰相（さいしょう）が、すまなそうな顔をしつつ、なにかを手に持って女医のもとにやってくる。

彼女が手に持っていたのは――。その服は――。

「いやあああぁ――っ！」

女医は、悲鳴をあげた。

○SCENE・Ⅲ「転入生」

「転入生を紹介しよう」

一限目の座学の時間。

講堂で講義がはじまったかと思えば、国王のやつが教壇（きょうだん）に立ち、いきなり、そんなことを言いはじめた。

国王が変なことをはじめるのは、毎度のことなので、そのこと自体には誰も驚かない。

もっぱら、皆の関心は、〝転入生〟にあった。

「はいはーい！　はーい！」

「はーい！　はーい！」

ノリのいいイェシカとカシムが、揃って手を挙げている。

「はい。ではイェシカ君」

「転入生は男子ですか！　女子ですかっ！」

「うむ。女子だな。——美人だぞ」


その答えに、男子一同が、うおーっと盛りあがる。

「では入ってきてくれたまえ」


国王が声を掛ける。

全生徒が注目する中、その女子は、すごく縮こまり、恥ずかしがりながら入ってきた。

「恥ずかしがり屋さん……なのかな？　かなかな？」


クレアの鼻息が荒い。

呼ばれて入ってきたのは、背中までの美しい黒髪を持つ少女であった。

学園の一般的な制服を着ているが、大人びたスタイルが隠しきれていない。

「あれ？　あの子、どこかで見たような……？」

アーネストが首を傾げている。

「よう。おまえもガッコ、通うんか」

ブレイドは片手を挙げて挨拶した。

——と、その頭を、ぐわしとアーネストに掴まれる。机に顔面を押しつけられる。

「あんたは初対面に馴れ馴れしすぎんの！　——ああ、ごめんなさいね。こいつ、あれなんで」

「ぷっ……、ふふっ……」

黒髪の少女は、緊張が解けたのか、くすくすと笑っている。

「かわいー……」

カシムが見とれてぽけーっとなって、両脇のルーシアとクレアから、ばしばし、びしびし、と折檻されている。

「ブレイド。ほんとやめときなさいよね。自重しなさいよ。あんた距離感バグってるんだから。〝おっす俺ブレイド〟とか、いきなり挨拶ぶっ放しにいくんじゃないわよ」

アーネストに叱られる。

言ってない。「俺！　ブレイド！」ならともかく、「おっす俺ブレイド」のほうは言ってない。そしてアーネストになんと言われようと、これはトモダチを一〇八人作った実績ある方法なのだ。

「ちょっとちょっとちょっと――」

騒ぐアーネストを腰にしがみつかせたまま、ブレイドは転入生の前まで行く。

「えと……、はじめまして……、かな？」

小首を傾げて、そう言ってくる相手に、ブレイドは――。

「なーに言ってんだよ」

と、ぽんと肩を叩く。


「だからブレイド！　いきなり初対面でボディタッチすなー！」

「初対面じゃねえよ？」

「初対面でしょ！　今日！　転入してきたんでしょうが！」

「制服似合ってんな」

「うそ。似合ってるはず……、ないもの」

「うそじゃないよ」

「ちょっと嬉しい……、かな？」


スカートの裾（すそ）を押さえつつ、彼女は言う。

学園の女子の制服は、結構なミニスカートである。膝から上で測るより、股下（またした）で測ったほうが早いほど。飛んだり跳ねたり、走ったりすると、足だの下着だの、けっこう見える。カシムがうっひょーと狂喜する。

「けどおまえ。いつもそれより短いの、はいてるじゃん？　なんだっけ？　タイト……なんとかとかいうやつ」

「ストッキングあるから……、生足なんて、もう何年も……」

「話聞け！　二人の世界に入るな！　……って？　えっ？　なに？　知り合い……だったりするの？」


ぎゃんぎゃん騒いでいたアーネストが、すこし静かになる。

「なに言ってんだよ？　おまえだって知り合いだろ」

「えっ？」

そう言われて、アーネストは彼女のことを、まじまじと見つめた。

彼女は黒髪の毛先をくるくると指に巻きながら、困り顔で立ちつくしている。

「あの……、もう堪忍して……」

「……誰？」

アーネストは、まだわからないらしい。

「女医だよ」

「へ？」

「だから女医だって」

彼女は背中に下ろしていた髪を、手で持って、くるくると頭の後ろに巻き取った。

「……女医です」

化粧こそないものの、ようやく皆の見知った顔になり――。

「ああ――っ!!」

アーネスト含め、皆は一斉に指さして、大声をあげた。

彼女は――女医は、照れているような、困ったような顔で立ち尽くしていた。

○SCENE・Ⅳ「転入生は大人気」

「そんなのできないわよー」

「いいからやってみなー」

「できないってー」

「やってから言えー」

「もう、容赦ないのね」

ブレイドに言われて、しかたなく――。

女医は長剣を両手でしっかりと握って、鎧に向けて打ち下ろした。

「えーいっ！」

その勢いは、どうおまけしても一般人のそれであり、当然、かーんと跳ね返されてしまう。

「いったあぁ――い」

女医は尻餅(しりもち)をついている。

「もうー、ばかー」

甘えた声で、ブレイドに言う。

「ほらぁー。こんなのいきなりやらされたって、できるわけないわよー」

「診察で気とか調べるじゃん。感知できてるじゃん。だからすぐに使えると思ったんだがなー」

ブレイドはぼやいた。

気は誰でも持っているものだが、使いこなせるようになるには修業が必要だ。いちばん大変なのが、じつは最初の一歩のところで、〝感知〟できるようになるまでが最も難関なのである。

「医者が気だの闘気だのを使えても、なんに使うのよ」

「けっこう才能あると思うんだがなー」

「私、医術に全振りしてきたから、そっち方面はさっぱりよ」

彼女はまだ尻餅をついたまま。足を直すがスカートは直さない。さっきまでとは違う角度で下着が見える。

だがブレイドは、当然、見もしなければ、気にもしない。

「そういうの効きませんよ。こいつには」

アーネストがやってきて、そう言った。

「なになに？　そういうのって、どういうの？」

「ほら、こういうの」

と言って、アーネストは地べたで足を投げ出した女医さんを指し示す。

ブレイドの視線が向くと、手を頭の後ろで組んでみたり、体をひねってみたりと、ポーズを変える。もちろん下着だって見えている。――ではなくて、見せている。

「――だからなにが？」

ブレイドは、ぽかんとしている。

いまなにか技でも掛けられているのか？　ぜんぜん気がつかないのだけど。

「あと女医さん、あざといですそれ」

アーネストがジト目になって言う。

「どうせ効かないんだから、いいじゃない」

「よくないです」

「せっかくクラスメートになったんだから。やってみたいの。青春したいの」

じたばたじたばた。足を暴れさせる。

さらにあざとい。だがブレイドはぴくりとも反応しない。

「よくわかんないけど。なんか楽しんでいるみたいだから、やらせてやれば？」

「もうっ――、いけず」

ブレイドのあまりの無反応に、彼女もようやく足を閉じる。

『その娘。新しい生徒か？』

話していたら、リッチキングのやつがやってきた。

「娘って歳でもないですけど」
『才能はありそうだが……。その歳からの育成は、あまり興が乗らんな』
「歳のことは言わないでください」

女医は立ち上がり、スカートとお尻を払う。

『王国の医療班で見た顔だが。……ふむ。覇王の戯れか』
「あの方は、本当に、なにを考えているのでしょうね」
「えっ？　あれ――先生と知り合いなんです？」

アーネストが聞く。

「大戦期には、前線に出ていましたからね。……直接お目に掛かったことはないですけど。フリーの死神がいると、噂では、色々と」

『王国の医術の寵児の暗殺を依頼されたことがあったな。あれを殺せば損耗率が大きく傾くと』

「ぎゃっ」

女医は青い顔になる。

『儂は武人の暗殺しか受けん。戦えぬ者で命拾いしたな。――娘』

「あははは……、そ、それはどうも……」

『しかし……、その格好は……、まあ言うまい』

異形のアンデッドにまで指摘され、女医は、スカートの裾をつまむ。

「なんの罰ゲームなんでしょうね。――こんなひらひらを、この歳で着せられています」

と言いつつ、くるっと回る。

スカートが輪になってふわりと広がる。

「それ！　もっぺんやって！　それ！」

「こう？」

くるりん。また広がる。おんもしれー！

「もっぺんやって！　もっぺん！」

「ちょっ！　ちょ――ちょっ！　ブレイド！　そんなことくらい、わたしだってやってあげるわよ――！　こうでしょ、こう――くるっと！　てか！　見なさいよ！　回ってあげてるわよ！　ほらぁ！」

アンコールのかけ声と、アーネストの叫びは、ブレイドがスカートくるりんに満足するまで続いた。

○SCENE・V「正妻会議」

夜。風呂(テルマエ)にて。

示し合わせたわけでないにしろ、アーネストを筆頭とする女子一同は、なんとなく、大浴場の一角に集結していた。

「――で、どうなのだ？　正妻としては」

マオがアーネストにしなだれかかる。

「それやめて。正妻っていうの」
「正妻は正妻だろう」
「わたしなんて……、そんなのじゃないから……。だってだって、ブレイドに見てもらえないし、せっかく、くるりんって、なんべんも回ったのに……。回って回って回って、さんかい回ってから、ワン、とも言ってみたのよ？　だけどぜんぜん見ないのよ、あいつ。突っ込んでくれたっていいのに。呆(あき)れた顔の一つも、見せてくれたっていいのに……」

「めんどくさいな。この正妻は」
「めんどくさいって言われたあぁ！」
「私は……」

と、湯面から、ソフィの指先が、ちょこんと覗く。

「ブレイドが幸せなら、それでいいわ。……なんだか楽しそう」
「女医さんって、ブレイド君の古い知り合いなんですよね？」

クレアがずいっと身を乗り出す。カシムは弟ポジションということですっかり落ちつき、クレアからはすっかり迷いが消えた。ブレイドに対して積極的になっている。

「そうよねー。あの気安さ。ディオーネお姉様に匹敵するわね」

イェシカが、うんうんとうなずく。

「何年くらい前からのお知り合いなんでしょう？」

マリアがそこを気にする。いつのまにかマオとマリアが交代している。

「たしか、六つか七つぐらいでしたぞー」

そこで巨大な双丘が乱入してきた。

「ディ――ディオーネお姉様っ！」

「いやいや。なにやら懐かしそうな話をされているもので。私も、がーるずとーく？――とやらに入れてもらってもよろしいですかな」

「も、もちろんです――」

「女医殿が、ブレイド殿の幼なじみなのは、たしかですなー」

「わ、わたしたちだって、幼なじみ……ですから」

だんだんと脅威を覚えて、アーネストは、ひくつきながらそう言った。

まえに、五歳児のブレイドを呼び出して、一日遊んだから、自分たちだって幼なじみ。

「あの頃の彼女は、あなた方よりも若かったくらいですか」

「え？　そうなんですか？」

アーネストは言った。自分はいま十八歳。それよりも年下というと――。


「女医さんって、お幾つなんですか？」

「それは内緒ですぞー」

「ディオーネお姉様は？」

「それも内緒ですぞー」


まあ教えてくれなくても、十年前にブレイドと知り合って、その時、自分たちより年下くらいだったとすると、だいたい計算できる。

二十代中頃。十代のアーネストたちから見れば、ずいぶんと大人に思える。

「でも……、ああしていると、なんだかぜんぜんそう見えないのよね」

普段の女医さんは、きりっとしていて、大人な感じ。

だが学園の制服を着て女生徒をやってる彼女は、ちょっとスタイルが勝ってる女の子という感じ。化粧の有無であんなに変わるなんて。

わざと子供っぽく振る舞っているので、やっぱり十代に見える。

「無くした青春を取り戻そうと頑張っておるのです。ちょっと無理目かもしれないですが、大目にみてやってください」

「そんな無理目とか思ってないですから」

「では私も制服を着て通ってみますかー」

「いえお姉様は無理ですから」

アーネストの言葉に、ディオーネは、すん、となる。

「女医さんは、ブレイドと長くて……。私たちの知らないブレイドを知っているって思うと、なんか、妬けちゃうんです」

「この十年、いろいろありましたなー。彼女はだいたいの戦場に参加していて、ブレイド殿の怪我を、何度も診ておりましたな。ブレイド殿の体にある傷痕、いつどこでどうやってついたものか、すべて言えるのではないですかな」

「やっぱりブレイドって、大戦経験者なんですね……」

十年前といえば、自分は《アスモデウス》に取り憑かれて、ぴーぴー泣いていた頃だ。つらい苦しい、なんで自分だけ——なんて、そう思っていた自分が恥ずかしい。ブレイドなんて、すでに実戦に出て、その何倍も何十倍も大変な目に遭っていたというのに。

物思いに耽っていたアーネストは、ディオーネが青い顔になっていることに気がついた。

「お姉様？」

「いや……、あの……、いまの……、私が言ったというのは、ぜひご内密に……」

なにを慌てているのだろう？

ブレイドの昔話を、ちょっとしてくれただけなのに？

皆を見回すと、幾人かが、肩をすくめて返してくる。具体的には、イェシカとイライザとソフィとマリアとイオナとクーあたり。

ルナリアとサラとクレアとルーシアと——アーネストは、わからない側。

六対五に分かれる。

わからない側のアーネストたち五人は、ぽかんとしていた。

○SCENE・Ⅵ「女医さんの名前」

女医が生徒として通うようになって、何日か経った、ある日の夕食時。

アーネストは前から思っていた話を切り出した。

「ねえ。いつまでも女医さんって呼んでるの、なんか、おかしくない？」

「うん？　いいじゃん女医で」

そう言ったブレイドの向こう脛を、アーネストは、思いっきり蹴り飛ばした。

「いってえぇぇ――――!!」

普段はブレイドの隣だが、そこは女医に譲って、アーネストはテーブルの向かい側に座っている。うん。しばらくだけ。いまだけ。

「ブレイド。そういうところよ？」

「なにがだよ？」

そのやりとりを、女医は、くすくすと笑いながら眺めている。

「あなたの名前、私たち、知らないのよね。——教えてくれる？」

アーネストはそう聞いた。年上の大人に話すというよりは、仲間として、友達に対して聞くような口調で——。

よくお世話になる医務室の主ということで、これまで最も身近な大人ではあったが、ここ数日で、一緒に講義を受け、同じ試練場で訓練して、風呂(テルマエ)と食事を共にすることで、もっとずっと距離が縮まっていた。

「私の名前は——」

と、そこで彼女は言葉を止める。じっとブレイドを見つめる。

「――ブレイドに教えてもらうといいわ」

「俺に振るなよ」

「あなたのせいでしょ。あなたがいっつも女医、女医っていうから。私の名前、女医で定着しちゃったんでしょうに」

「そうなの？　俺のせいなの？」

「そうよぉ。あなたのせいよぉ」

「そうなんか」

この二人の気安い関係に、アーネストは胸をちくちくとさせながら、笑顔で堪えた。ブレイドが幸せだから、これは、いいの。

「さっすが、正妻の度量ぉ～」

はやしてくるイェシカに、どすっと肘打ちを入れる。うげっ、とか、女の子があげちゃいけない声がする。

「それで、ブレイド……。女医さんの名前は？」

「えーと……」

「うん」

「うーんと……」

「うんうん？」

「あー……？」

「……？」


ブレイドは長考に入った。

腕組みをして、首を右に傾け、左に傾け、うーんうーんと唸っている。

皆で待つ。

そしてブレイドは、口を開く。


「――覚えてない！」

その瞬間、ぱぁん、と、ブレイドの頬が鳴り響いた。

女医は――名前を呼んでもらえなかった女性は、椅子を蹴立てると、歩き去ってしまった。

「俺なんで殴られてんの？」

ほっぺたを押さえて、ブレイドが言う。

「あんたが絶対確実に一〇〇パーセント全面的に悪いっ！」

「ええーっ？」

抗議の声を上げるブレイドに、アーネストは――。

「追え！　いますぐに！」

「はっ、はい」

指の示す方向に、ブレイドは向かった。

○SCENE・Ⅶ「傷心」

学園の敷地内を歩く。

探して回る必要は、ほとんどなかった。

生徒たちと出くわすと、皆が、指で方向を示してくれる。

そっちに歩く。角を曲がって、玄関を出て、庭園をまっすぐ突っ切って、裏庭のほうに回って――。ずいぶんとあちこちを迷走したあげく、最後に向かったのは中庭だ。

彼女の迷走の経緯を正確にトレースした結果、中庭の噴水へと辿(たど)り着く。

噴水の縁に、所在なげに座っている彼女の姿をようやく見つけた。

向こうもブレイドを見つける。ブレイドが隣に座りに行くまで、待っていてくれる。

「痛かった?」

腰のポシェットから治療道具が出てくる。唇の端が切れていた。消毒液が染みた。

「あはは……。馬鹿よね。あなたにとって、私なんて、ただの女医で、単なる大人で、怪我を治すマシーンでしかないのにね」

「あのな――」

「楽しかったのよ。舞い上がってたのよ。自分にはなかった学生時代が、急に手の届くところにあって……。あはは、年甲斐もなく若作りして、こんなひらひらしたの着て……、おかしかったでしょ？」

「だからな――」

「いいのよ笑えば。笑ってよ。無関心でいられるよりはマシよ。大丈夫よ。明日からはきちんと仕事するから。医務室から出てこないようにするから」

「きけって！」

「はい」

強く言うことで、ようやく彼女はこちらを向いた。

居住まいを正して、ブレイドに顔を向けている。顔は涙でぐしゃぐしゃ。でも化粧はまったくしていないから、崩れるようなものはない。

彼女は素顔で、ブレイドを見ていた。

「俺さ。聞かされてねーんだよ」

「はい？」

「だから。おまえの名前。俺。聞かされてねーの。一度も。十何年も、ずっと一緒にいたけど、一度も名乗ってもらってないの」

「え？　でもだって、あなた、覚えてないって、さっき……？」

「聞かされてねーんだから、覚えてるわけ、ねーだろ」

「……………」


しばらくの無言のあと、彼女は口を開く。


「えっと……？　やっちゃった？　私……？」

「うん。やっちゃった」

「ああ──っ……」


彼女は、へなへなとくずおれた。ブレイドの膝に顔を埋める。

「でもあなたもわるいんだから。……聞かされてないって、そう言えばよかったんだから」

太股のあたりに「の」の形をいくつも描かれる。
こそばゆいから、それやめれ。

「ねえ……」

と、彼女が言った。ブレイドの膝に顔を埋めたままで言う。

「……いまのこれ？　こういうの？　〝青春〟ってカンジ？」
「さぁ？　知らないけど。そうなんじゃないの？」
「ずっと欲しかったの」
「よかったな」

ブレイドはそう言った。自分でも思いもかけず、優しい声が出た。
膝の上にある頭を、なんとなく撫でる。黒髪を指で梳いてやる。

「まえに、青春ってなんだ？　――って、あなた、聞いてきたことあったわよね」

「あー……、ソフィの時だな」

「あのとき、私、知ったかぶりをしたのよ。……知らないのに。知ってるふうに言ってた。嘘ついてた」

「そうなんだ」

あのときの彼女の回答、なんだったっけ？　……生殖（せいしょく）？

だめだこいつ、って、そう思ったっけ。

「そんなこと、したこともないのにね。私、皆からエロ女医って思われてるでしょ？」

「そうなの？」

ぜんぜん知らん。カシムあたりが詳しそう。

「男のコって、そういうの好きだって調べて、普段の格好なんかも、そう。でもあなた全然なんだから。……このいけず」

また「の」をいっぱい描かれる。だからやめれ。

噴水のあたりは人通りも多い。生徒が何人か通りがかって、「きゃっ」とか小声で言って、足早に去っていく。

「見てるぞ」

「見せつけてあげましょうよ」

まあいいけど。

それからしばらくのあいだ――。「の」を描かれながら、髪を撫で続ける。

「なーなー」

「なあに？」

「名前。聞かせてくれよ」

「あなたにだけよ？」

彼女は顔をあげた。

ブレイドの耳元に口元を寄せる。耳朶（じだ）に囁（ささや）くように――。

「……──」

小さな声で、名が告げられる。
ブレイドはその名を覚えた。
もう決して忘れない。

あとがき

アニメの放映も無事に終了して、ほっと息をついている新木（あらき）です。

十五冊目となる今回は、恋バナ多めでお送りしています。

さて、それではいきなりですが。

各話解説など、やっていきたいと思います。

あとがきから先に読む派の方は、ここでそっと閉じて、読了されてからこの先に進んだほうが良さげです。

●第一話「ローズウッド学園の教官」
第十四巻の「王紋騒動」で、ラスボス前にちょろっと出てきたリッチキングの暗殺者（アサシン）でしたが……。

新木自身は、出したことさえすっかり忘れていた始末。

しかし、岸田（きしだ）こあら氏のコミックス版のほうで、えらいカッコよく登場させてもらっているじゃないですか！

　このままポッと出で終わらせるのは勿体(もったい)ない！

　……ということで、ほとんど逆輸入の勢いでレギュラー化しました。そうしたら、けっこう良いポジションに収まるではないですか。まず勇者業界の住人であり、そして勇者時代のブレイドを知る数少ない「大人」であり。……そして意外と常識人？　空気読めるアンデッド？

　ちなみに悪夢ノ鎌(ナイトメアサイズ)の技名は、コミックのネームにはありましたが、本番の掲載版からは技名が消えていたものです。

●第二話「アーネストの貧乏脱出だいさくせん」

　アーネストって、服をよく燃やすじゃないですか。何枚も何枚も。あれ結構な金額になっているのでは？　実家、大変なのでは？　――という発想から生まれた一話。

　実際、大変なことになってましたー！

　ルナリアの実家のシュタインベルク家は、「成金(なりきん)」と呼ばれるぐらい事業活動の上手(じょうず)な貴族家です。フレイミング家とは、普段はいがみあっていますが、こうして大変なときには、援助もするという。良きライバル関係。

●第三話「クーママの特訓」
ひさびさのクー主役回。今巻の表紙もクーなので、クーの出てくる話ということで。

最強の生物である竜種は、一切、我慢などする必要がないのです。ワガママホーダイなのです。範馬勇次郎的な感じです。

●第四話「ルーシアとカシムとクレアの関係」
前十四巻のルーシアが来た話で、クレアがカシムを気にしている。――という伏線を張っていましたが、その続編。伏線の回収話。弟的な相手にだって、嫉妬くらいはしますよねー。

あと、カシム親衛隊の隊長さんも、ようやく登場。これまで小説本文には「ツインテの子」としか出てきていないんですが、これまた岸田こあら氏のコミック版だと、ご立派なツインテかつ硬そうな巨乳にて登場。彼女も逆輸入的に本編に登場です。

あと魔法少女隊の下級生五人。アルティア、ミリアム、カレン、シモーヌ、レヴィア――あたりも、じつはコミックからの逆輸入で、アニメにも登場したりしてます。

●第五話「まいっちんぐイライザ先生」

タイトルは苦笑してください。最初の閃きをあえてボツにしない勇気が大事っ。

ジェームズ氏は、じつはカッコいいはずの人物で、あらゆる逆境に負けない不撓不屈の男なのです。……ということを書きたくて書いた話であります。

研究所のガラスチューブで蠢く「謎の物体X」は、再登場、ワンチャンあるかもっ!?

●第六話　「女医さんの青春」

女医さん！　女医さんです！

エロ女医に見える彼女が、じつは「耳年増」だったという裏設定を、ようやく出すことができました！　大戦経験者には青春もなかったんですから、男遊びとか、そりゃできるはずがない。当然当然。

女医さんが女医さんとしか呼ばれない伏線も十五巻ぶりにようやく回収。

彼女の名前は「二人だけの秘密」です。今後も女医さんと呼ばれ続けます。

……というあたりで、そろそろページも尽きるので。

また次巻でお会いしましょう〜。

ダッシュエックス文庫

英雄教室15

新木 伸

2023年12月27日　第1刷発行

★定価はカバーに表示してあります

発行者　瓶子吉久
発行所　株式会社　集英社
〒101−8050　東京都千代田区一ツ橋2−5−10
03（3230）6229（編集）
03（3230）6393（販売／書店専用）03（3230）6080（読者係）
印刷所　大日本印刷株式会社

ISBN978-4-08-631534-0 C0193

ER✿INDEX

EARNEST FLAMING
アーネスト・フレイミング

誰もが怖れる学園の"女帝"。実質的な学園の支配者。名家の子女で、炎の魔剣の所有者。肉体を完全に燃やし尽くし"炎の魔人"モードになると戦闘力が飛躍的に向上する。

炎の魔剣〈アスモデウス〉

フレイミング家に代々伝わる魔剣。アーネストを真の所有者と認めてからは何かと力を貸してくれる。ちょっとお茶目なところもある？

BLADE
ブレイド

魔王を倒し、この世に平和をもたらした"元勇者"。勇者としての特別な力を失いはしたものの、素のスペックでも一般生徒と次元が違っている。本人の夢は「一般人」となることだが、"超生物"扱いを受けてしまう。

勇者力

勇者のみが使える、あらゆる物理法則を無視する奇跡の力。魔王との決戦で力を使い果たし、現在は使えない。

Cú CHULAINN
クーフーリン

ドラゴンベビーの人化した姿。ブレイドにワンパンで倒されて、刷り込みを受ける。「親さまー」と懐きまくり。半竜モードになったり、食べ過ぎると身体が大人になったりと忙しい。

竜形態

強敵との戦闘では竜の姿になる。尻尾を「ドラゴンジャーキー」としてアーネストに食べられることも。

SOPHITIA FEMTO
ソフィティア・フェムト

実力的にはアーネストに次ぐ学園のナンバー2。無表情かつ無感動かつ無関心の、クールビューティ。その正体は、勇者を越えるべく作られた『人工勇者』。

シスターズ

"人工勇者プロジェクト"で作成されたソフィのクローン。肉体は滅びたが、その魂はソフィの心の中に宿り、共に生き続けている。

10NA
イオナ

「王立禁書図書館」を守護するガーディアンだったが、ブレイドに何度もぶっ壊されて復讐を誓い、学園にやって来た。自爆する定めをブレイドに助けられて以来、マスターと呼び慕いている。

バーサーカー

ガーディアンの中でも、マザーとの回線が切断され、自爆機構すら働かなくなった異常個体のこと。見境無く人間を襲う。

MAO／MARIA
魔王／マリア

魔王と人間の母親との間に生まれたハーフ。絶大な力を持つが、普段は下級クラスの優等生・マリアの身のうちに封印されている。魔法の実力は学園でもトップクラス。自称ブレイドの"愛人"。

魔王力

"勇者力"と対をなす力。あらゆる物理法則を無視し、奇跡を起こす。今の魔王はまだこの力は使えない。

ダッシュエックス文庫

英雄教室15

新木 伸